島崎藤村

●人と作品●

福田清人
佐々木徹

清水書院

原文引用の際，漢字については，
できるだけ当用漢字を使用した。

序

青春の日に史上いろいろな業績を残した人物の伝記や、あるいはすぐれた文学作品にふれることは、豊かな精神形成にもっとも役立つものである。これら伝記の中でも、美と真実を追求して、みごとな作品を残してくれた文学者の伝記は、しょせん文学は人生探求につながっていることから、ことに色々と与えてくれるものがあり、またその作品理解の鍵を手渡してくれるものである。

たまたま清水書院より、近代作家の伝記及びその主要作品を解説する「人と作品」叢書の企画について、私が相談を受けたのは昭和四十年初夏の頃のことであった。

それは読者対象を主として若い世代におき、その文学教養に資することを目標にすること、執筆陣は、既成の研究者よりも、むしろ新進の手によって、若い世代の胸にひびく内容、弾力ある文章を期待するということから、私が講義をうけもっていた立教大学日本文学研究室の大学院を中心としての協力を求められた。研究室は創設以来、日は浅いが、しかし近代文学研究者で、この期待に応じうる有能の士のあることはすぐ頭に浮かんだことだし、また新人で一冊の本をまとめて出す機会は、そうざらにあるわけでもない。私はこの一見大胆で、創意ある新企画に賛成した。

書院から私が編集に当たっての人選その他一切まかせられたのであるが、叢書という形式からだいたいその構成のことは案を示して、そのほかのことはそれぞれの個性に応じて制限された三百枚という枚数のなかに自由なペンをふるってもらうことにして、編者としての責任上、その原稿には目を通した。

さてこの「島崎藤村」は、明治・大正・昭和三代をつらぬく巨匠である。木曽の山中から少年の日、東京に出で、明治学院に学び、ようやく文学への道を進んでは詩から散文へと真実一路の歩みを着実に進んだ。その詩集は、近代の新声であったばかりでなく、大正末期、若い日を送った私なども愛誦したものであり、今日の若い世代の胸にひびくものがあり、愛読されている。また、「破戒」「春」「桜の実の熟する時」等々、その作品は若い人々の愛読する半古典的作品でもある。

ところで藤村については、すでに多くのすぐれた評伝がでているわけであるが、この筆者、佐々木徹君は、よく原典を味読し、また、研究書をあさり、ここに若い世代の藤村文学入門書としてまことに手頃なこの一書をまとめあげた。

佐々木君は、近代自然主義文学研究を研究室の助手をつとめつつ大学院の博士課程を終了した。学部での卒業論文は徳田秋声、修士論文は正宗白鳥で、ここにわが国の自然主義三大家の一人島崎藤村について執筆するには、ふさわしい研究者である。なお、同君は現在、茨城県キリスト教短大で近代文学を講じている。

福田清人

目次

第一編　島崎藤村の生涯

第二編　作品と解説

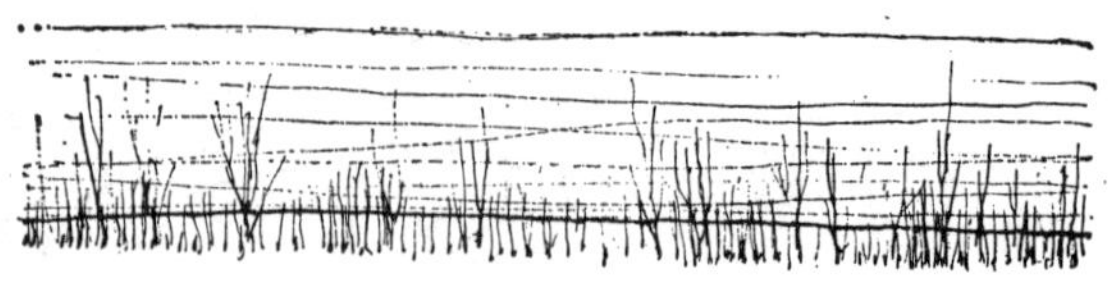

第一編　島崎藤村の生涯

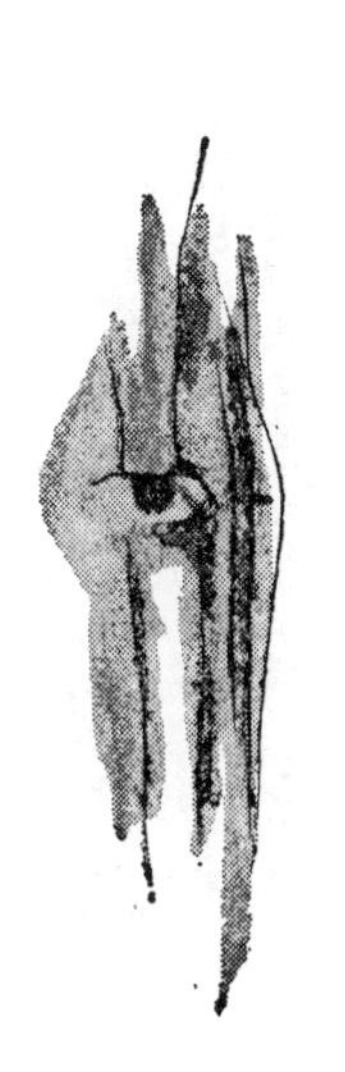

木曾馬籠と東京
――山の村から文明開化の巷へ――

「木曽路はすべて山の中である。あるところは岨づたひに行く崖の道であり、あるところは数十間の深さに臨む木曽川の岸であり、あるところは山の尾をめぐる谷の入口である。一筋の街道はこの深い森林地帯を貫いてゐた」

これは、不朽の名作『夜明け前』の冒頭の一節である。島崎藤村は、まず右のように、おもな舞台となる木曽の雄大な風土を印象的に説明してから、大長編の物語りを悠々とすすめたのであったが、ここが、藤村自身の生まれ故郷でもあった。

木曽路の一宿駅であった馬籠、ここには今でも島崎氏の係累が居住している。しかし、藤村が馬籠に暮らした期間は短く、少年時代にさしかかろうとするころには、もう他郷で過ごす身となっていたのであった。その意味からすると、藤村と故郷の結びつきはいたって希薄なように思われる。ところが、わずか数年間を過ごしたにすぎなかった木曽の風土が、実は藤村の人間性を形成し、その文学を根底から支配していたのである。

藤村は、自己の生命の源をこの木曽山中の自然や風物・伝統などにもとめ、その文学は、つねに、故郷から養われた思想と生命力によって生み出されていた。とすれば、木曽の自然とは、藤村の幼年時代とは、いったいどんなものであったのか。まず、この点からながめて行こう。

木曽馬篭

「木曽路はすべて山の中である」と書かれた木曽路は、東山道の一部であった。東山道は中仙道ともいわれ、南の東海道と北の北陸道の中間を走る、江戸と京都を結ぶ重要な交通路であり、往来は東海道についで盛んであった。木曽路はその東山道のうち、美濃（岐阜県）と信濃（長野県）の国境にある十曲峠(じっこくとうげ)から、木曽谷と伊那盆地の分岐点桜沢橋に至る約八十キロメートルをさし、ここに藤村の生地馬篭を含む木曽十一宿があって、徳川時代は尾張藩の支配下にあった。

木曽路の歴史は古く、七百二年に開かれたものであるといわれている。その後幾度(いくたび)かの変革を経(へ)て、江戸時代の東山道隆盛(りゅうせい)の時代をむかえたが、明治二十五年には、自然の作った旧街道の険(けわ)しい要害の地をさけて、木曽川沿いに迂回(うかい)する国道に変わり、さらに明治四十四年には中央線の鉄道が敷(し)かれたので、明治以後は見るかげもなくさびれてしまった。

馬篭は、十一宿中の十曲峠寄り、つまり木曽路南端の最も京都に近い方角に位置していたが、その変革は木曽路とともに歩(あゆ)んでいた。だから、東山道全盛の時代には、東西交通の重要な宿駅として、大名行列や旅人の行き来を送り迎えして大いににぎわった馬篭も、明治維新後の宿駅廃止以来、国道新設、鉄道施設と、そのたびにさびれる一方であった。

恵那山を望む

それにもまして、木曽という所は元来が山深い寒村の多い所である。馬篭が木曽路の最南端に位置するといっても、そこは北アルプスの一角であり、飛驒・木曽の二大山脈にはさまれ、木曽川に沿った谷の両傾斜には、桧木・椹・高野槇・ねずこ・あすなろうのいわゆる木曽五木がおい繁る文字通りの大森林地帯であった。街道は山肌をぬって曲がりくねり、その両側に石垣を築いて民家を建ててあるような所で、塀は板を用いて囲い、板屋根には、いつでも風雪を防ぐための石の重しがのせてあった。田畑はいうまでもなく少なく、人々はなかば山林にたよって生計をたてていた。

それは、この地方がいかに厳しい自然条件の中に位置した寒村であったかを、如実に物語っているのである。このことをよく理解すれば、藤村の、『夜明け前』に代表される、あの雄大でがっしりした、いかにも厳格な文学がなぜ成立したかということも、なるほどとうなずけるであろう。

しかも、明治五年（一八七二）三月二十五日、島崎春樹、すなわち藤村が生まれた時、木曽路はすでにさびれ始めたころであった。宿場は廃止され、昔日の大名行列もなかった。だから、春樹はかつての華やかさを知らなかった。さびれゆく宿場で、それを抱きこんでいる大自然が幾星霜変わらずにくり返した、深い恵みと厳しい責め、ただそれだけしか知らなかった。雄大で、厳格で、素朴で、物怖じしない、それでいてどこか緻密に行きとどいた文学が生まれたのも、春樹が、木曽の自然の雄大さ、厳格さ、素朴さ、緻密さを吸収しながら成長した過程を考えれば至極当然のことといわなければならない。

しかし、それだけではない。もう一つ、彼の人間性を培い、その文学を生みだす原動力となったものに、両親、兄弟、祖先など、同じ大自然の中に生きた人々を忘れることはできない。

馬篭随一の名門

島崎氏の家系図を見ると、その先祖は、相州（神奈川県）の三浦氏であったことがわかる。このことは、藤村自身が『夜明け前』の中で詳しく書いている。

島崎氏を名告った初代は監物という人で、『平家物語』で有名な木曽義仲の子孫木曽義在に仕え、物頭という、いわば小隊長のような役目を司どる武士であった。彼は初め木曽福島に居住したが、のち馬篭の隣村妻篭に移った。初めて馬篭に住んだのはその長男重通で、砦の守将であった。これが、馬篭の島崎氏の初代である。いずれも十六世紀、戦国の世の出来事であった。

その後、重通は木曽氏を離れて徳川氏につき、馬篭の代官に任ぜられ、問屋も兼ねた。間もなく代官は廃止になったが、十代目の勝通の時に本陣、庄屋、問屋の三役を兼ねるようになった。これが十七代目正樹(まさき)まで続いて明治維新をむかえた。この十七代目正樹が藤村の父である。

以上でもわかるように、島崎氏は、封建武士から郷士となって土着した家柄である。しかも、その祖先が馬篭を開いて、田畑山林の大半を所有していた上に、代官、庄屋、本陣、問屋など村の重職をあわせ持っていたところから、土地における政治力と財政力、またそれに伴う村民の信望は絶対的な威力があったといわれている。それは、一言するまでもなく、正樹の時代まで続いていた。寛永十六年（一六三九）の大火で焼失するまでの代官屋敷、明治二十八年（一八九五）の大火で焼失するまでの本陣屋敷は、まさに周囲の寒村を威圧する豪勢なものであったといわれている。このうち、本陣屋敷は藤村が幼年時代を故郷で過ごしたころはそのまま残っていたから、多分記憶にあったことであろう。

両親・兄弟

父正樹はたいへん学問好きの人であった。これは、藤村もしばしば物語っているところである。しかし、島崎氏では、十二代目のころから代々俳句をたしなんでいて、これが藤村の血につながっているように思われるが、好学の精神を伝えた氏族であったという記録はない。だから、正樹の学問はほとんどが独学であった。しかも、村の少年たちの遊びから遠ざかって、ただひたすらに学んだ挙句(あげく)に、十六歳の時に自(みずか)ら寺小屋を開いたというのだからたいしたものである。それまで、馬篭には満足な寺小屋すらなかった。この寺小屋は明治五年まで続けられた。また、平田派の国学を学んで神道に心酔し、平田篤胤の養子鉄胤の門下にも加わった。そして、その日本古来の古典的哲学を自己の信条として一生を通した。

きわめて厳格な、信心深い人で、子供たちにとっては熱心な教育者であったといわれているが、藤村の本名の春樹は、ちょうど庭に咲いていた椿にちなんでつけた名であるという逸話が残っているほどであるから、かなりの風流人でもあったらしい。事実、正樹の作った和歌もずいぶん残っている。

正樹は、文久二年（一八六二）幕末の騒然とした社会情勢の中で、父の隠居によって家督を相続した。もちろん、庄屋、本陣、問屋を兼ねていたが、理想家肌で世故にうとかった彼は、年々財産を減らして行くうち、ついに明治維新に遭遇したのである。その上、明治二年から四年にかけて、庄屋も、本陣も問屋も廃止されると、彼にはただ、戸長という村の代表者にすぎない、廃藩置県による新しい役職が与えられたのみであった。しかし、これも健康の都合などで免職になると、彼は自ら神主となって飛驒の山中に赴いた。家運は、すでに傾きつくそうとしていた。

ちょうど、明治五年に春樹が生まれる前後のことであった。当時、正樹は四十三歳であった。母はぬいといって、妻籠に住む同じ島崎氏の一族であったが、当時三十六歳、二人の間には三男三女があったから、春樹はその末子、四男として生まれたのであった。長女をその、長男を秀雄、次男を広助、次女をつぎ、三女を楊、三男を友弥といったが、次女つぎと三女楊は夭逝した。

長女そのは、父親似の理性的な女性であったといわれ、藤村が、肉親中で最も敬愛した姉である。幼いこ

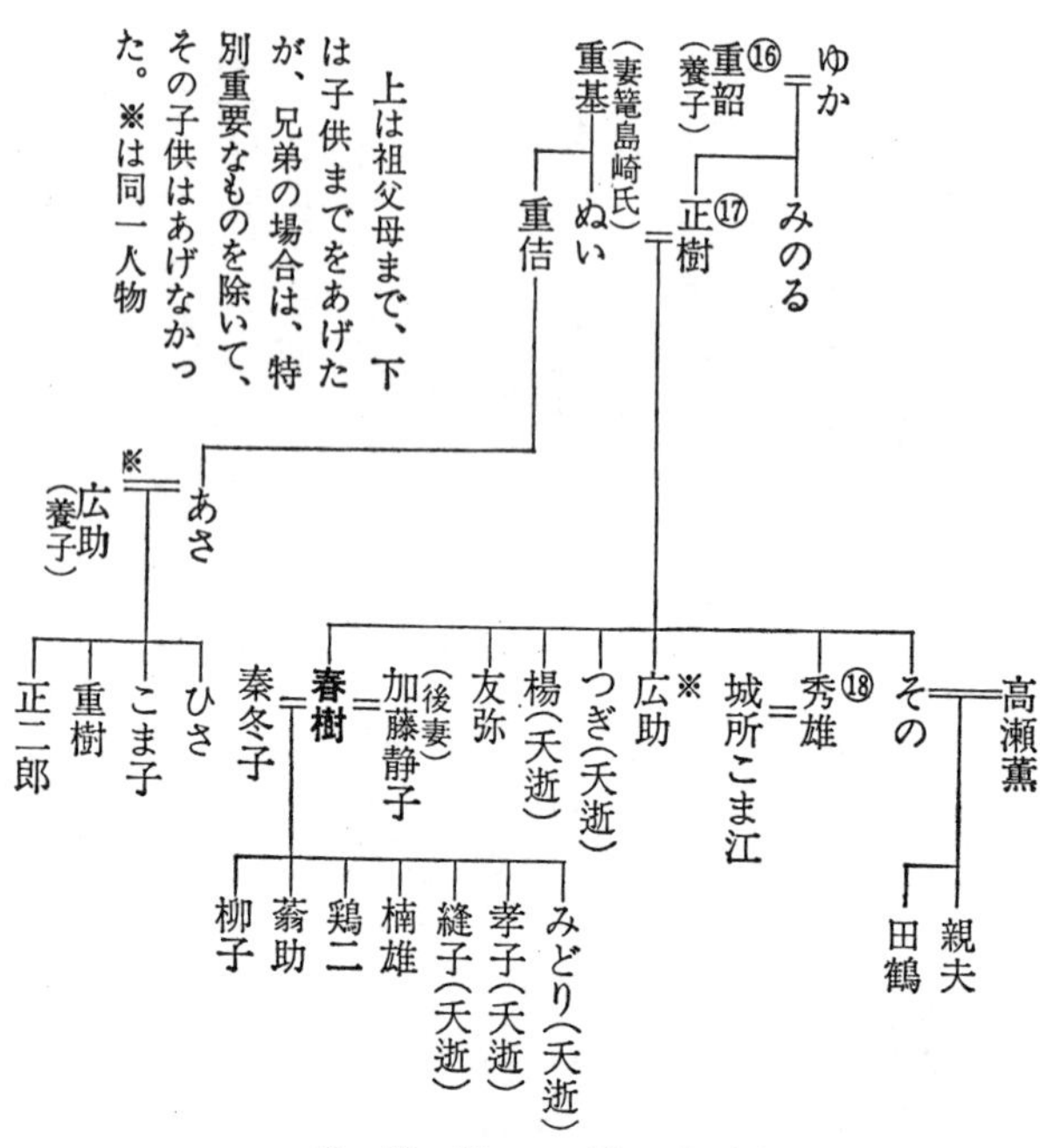

島崎家の略系図

ろから読み書きに励み、文学的素養もあって、藤村自身、自分の文学のよき理解者であったと語っているが、晩年は、精神分裂症にかかって脳病院に余生をすごし、その生涯は不幸であった。春樹が二歳の時に嫁に行ったので、彼が物心ついたころはもう他家の人であった。『ある女の生涯』は、この女性をモデルにした作品である。

長男秀雄は、明治七年、そのが嫁(とつ)いだ年に父のあとを継ぎ、傾いた家運をたてなおそうと努力をかさね、県会議員に当選したこともあるが、父同様世故にうとく、色々な事業に失敗をくり返し、ついに不遇の一生を終わった人である。情熱的な善人であったが、そのためにかえって他人に欺(あざむ)かれ易(やす)く、高すぎる理想に現実が伴わなかったので失敗をくり返したのだともいわれている。

次男広助は、三歳の時に母の兄島崎重佶（しげよし）の養子となった人であり、明治十四年二十一歳の時から、木曽の山林問題の総代となって活躍したことで有名である。山林問題というのは、明治新政府が木曽の民有林までも官有林として無償でとりあげてしまおうとした処置に対する、地元民の反対運動のことである。なかば山林にたよって生計を営んでいた人々にとって、これは生命にかかわる大問題であったから、皆真剣にならざるをえなかった。彼は、この問題の解決に約二十年の月日を費やした。そして明治三十八年、ついに山林は総額二十四万円で買いあげられることになったのである。米一升が二十銭たらずだった時代であるから、現在の金額になおすと一億円前後にもなろうか。彼の生涯は貧しかったが、潔白で一本気な、男らしい人物であったといわれる。

三男友弥は、春樹より三つ年長であったが、少年時代に身を持ちくずし、遊蕩（ゆうとう）と病毒のために、明治四十四年、人生なかばにして不遇の一生を閉じた。しかし、母の不倫の子であると伝えられ、暗い秘密をもつ身のうえは、同情すべき面も多かったようである。佐佐木信綱の門下に加わって、和歌を詠（よ）むことを苦しい気持を和らげる唯一の手段としていた。藤村を除（のぞ）いた一族の中では、彼の作る歌が最も文学的にすぐれていた。

さて、以上、簡単に説明した両親や兄弟たちは、これからも時々出てくるはずであるが、ここではまず、彼らの血に、木曽の自然で養われた厳格で素朴で物怖（お）じしない気象が流れていたこと、その上に、文学的な素養も幾分かは流れていたことの二点を記憶にとどめておいていただこう。それは藤村の文学を理解する上できっと役に立つはずである。

藤村の人間性と文学を育てたものには、もう一つ、少年時代からただ一人で他人の中にもまれながら、力強く成長した精神形成の過程でのあれこれがあるが、これは、おいおい記して行くことにする。

一徹で学問好きな子

先に述べたように、春樹が生まれた明治五年には、島崎氏の家運は傾く一方であったが、周囲の人々から見れば、それでもまだめぐまれた環境にあった。旧習は依然としてすたれず、子供一人に一人の下婢(かひ)がつけられ、山国の古い習俗や暗い迷信に閉(とざ)された村人たちから、名門の子息としてだいじに取り扱われるような状態であった。それ以上に、そんな幼いころの生活をくわしく物語る資料はほとんどないが、ただ、思いこむと引くことを知らない、一徹(いってつ)で執念(しゅうねん)深い性質の子であったことは知られている。

近所へ遊びに出かけ、悪戯(いたずら)をして叱られたことがあったが、それ以来口もきかずふり向きもせず、とうとう根負けした相手にあやまらせたという逸話が残っている。ぼっちゃん育ちの子供らしいわがままといえないこともないが、こうした一途(いちず)な性格が、艱難辛苦(かんなんしんく)に富んだ生涯をもねばり強く生きぬいて行く一つの大きなささえとなっていたように思われるのである。

また、彼は、幼い時から学問好きな子だったともいわれている。紙を玩具(おもちゃ)にして、それに文字やら絵やらを気ままに書きつけるのが何よりも好きだったという。これは、父正樹を大いに喜ばせた。

春樹は、明治十一年（一八七八）六歳の時に神坂村小学校に入学したが、当時の田舎の学校は寺小屋とさほど異なるものではなかったから、家では父親自らの手によって、『勧学篇』『千字文』『三字経』などを授けられ、『孝経』や『論語』の素読も受けた。しかし、前三著は父親自身で書いたものであり、この漢学的教養も、影響されやすい幼年時代に受けたものだったにせよ、余りにつたなすぎて、春樹の胸の奥深くいこんで、その一生を左右するほどの影響力は持たなかった。

しかし、こうした日常から、彼の学問好きが一層養われて行ったのは確かである。父親が、春樹にだけはまともな教育を受けさせたいものだという宿願をもっていたというのも当然であった。

春樹の幼年時代はざっとそんなふうであったが、また、随分ませた子でもあったらしい。隣家の大脇ゆうという娘に淡い初恋を覚えたのも、その前後、八歳ばかりのころであった。後年、『初恋』と題した一編の詩に

まだあげ初めし前髪の
林檎のもとに見えしとき
前にさしたる花櫛の
花ある君と思ひけり

と、抒情豊かにうたいあげたのは、実に、このころのことを回想したのであった。無邪気な子供の罪のない恋心は、想像するだけでもほほえましいではないか。

父が春樹の教育を具体的に考え出したのもちょうどこのころであった。東京で正式に学ばせたいという気持は高まる一方であった。それには、すでに家長となっていた長兄の秀雄も賛成であった。落ち目とはいいながらも土地随一の名門の子として甘やかされやすい、そして教育施設の不充分な郷里におくよりは、東京でみっちり勉強させた方が本人のためにも上策だろうとの意見だったから、話はすぐにまとまった。わずか九歳の少年が父母を離れて、明治維新後かえって文化に見捨てられた木曽の山中をあとに、文明開化たけなわの東京で学問を修めることになったのは、明治十四年（一八八一）のことであった。

文明開化の巷で

春樹が、三つ年上の三兄友弥と共に、長兄秀雄に伴われて、幼い足をひきずりながら上京の途についたのは、春まだ浅い四月の初旬であった。汽車・バスはおろか、道路すら満足に整備されていなかった時代のことである。少年というより、ほんの子供にすぎない二人が、風呂敷包みを背負い、小さな旅行カバンを下げ、草鞋がけで洋傘を杖についた長旅の苦労は容易に推察できるであろう。

旅行カバンには父が餞別にくれた「勉強」「倹約」などと記した短冊や、母の心づくしの金米糖がはいっている。着物も帯も新しい。期待と不安に胸を躍らせながら、幾つもの山坂道を登り、幾つもの峠をこえた。疲れはてると、唯一の交通機関である馬車を利用することもあった。ようやく東京に着いたのは、七日目のことであったが、それは、長く険しい人生への旅をも象徴しているようであった。

東京で、まず彼らが落ち着いたのは、京橋鈴屋町の長姉その家であった。そのは、木曽福島の高瀬薫に嫁いで、東京に居をかまえていたのであった。間もなく幼い兄弟は、数寄屋河岸の公立泰明小学校に通学しはじめた。

当時の銀座は、今日も流行の先端をゆく街として有名であるが、それ以上に、文明開化の第一線にあった。街角には、ガス燈がともり、新橋がよいの鉄道馬車がラッパを鳴らしながら走り、フロックコートに山高帽の紳士が人力車の上でキセルのいらないたばこをくゆらせていた。泰明小学校も、赤レンガのモダンな建物であった。草深い山中から、急にそんな文明開化の真只中へおどり出したのである。幼い兄弟の驚きは

上京当時の記念撮影

島崎秀雄（長兄）
高瀬　薫（義兄）
島崎広助（二兄）
（後左より）

大脇吉二郎（大黒屋の息子）島崎春樹
高瀬親夫（義兄の子）
島崎友弥（三兄）
（前左より）

容易に想像できよう。

彼らは、姉夫婦の慈愛のもとに、何事もなくしばしをすごした。しかし、翌明治十五年、姉夫婦の一家が家計の都合で郷里木曽福島に引き揚げねばならなくなると、春樹は、薫の母の実家である力丸元長の手にあずけられたが、翌十六年には、再び、薫の同郷の吉村忠道方に移されたのであった。

幼い少年が、わずか二年の間に三回も他人の手を渡りあるいたのはいかにも哀れであるが、幸いに吉村家では非常にかわいがられた。忠道は、幾人も同郷の書生を置いて世話をしたような好人物であったし、その養母にあたる老婆も、その娘である忠道の妻も、親身になって世話をしてくれたのである。ことに、老婆は、本当の孫のように面倒をみたのであった。

こうして暖かい人々に見守られた春樹は、銀座裏の土蔵造りの往来に面した小部屋で、遠い故郷をしのびながら勉強に励んだ。本箱の抽斗には、上京の時に父がくれた、「勉強」だの「倹約」だのと書いた短冊が入っていた。春樹にだけはよく励ましの手紙をくれる父にも、少年らしい返事を書いて送るようになった。

やがて、そんな少年を、正樹がはるばる訪ねて来たのは、明治十七年、彼が十二歳になった時であった。神道に身をゆだねる古風な父も、随分成長したであろうと思われる懐しい我が子を見るにあたって、昔ながらの総髪を切って来たのであったが、意に反して、春樹は嬉しがる様子もなかった。父は、何となく物足らない気持のまま寂しく帰郷したが、春樹にしてみれば、かつての家長としての怖い父の印象が頭にこびりついていたのであった。そして、それが父親に会った最後であった。

しかし、他郷の、他人にもまれる少年の生活は変わることなく続いて行った。都会の生活も徐々に自分のものとなって行った。忠道の心づかいで、当時の大望ある少年なら誰でもがそうしたように、新しく英語を学ぶようにもなった。石井という官吏についてパァレエの『万国史』や『ナショナル・リイダー』を学び、気がむくと、スケッチブックをかかえて築地の外人居留地へ写生に出かけたりもした。偉人の伝記らしい伝記として、初めて中村正直（まさなお）の『ナポレオン伝』を読み、涙の出るほど感激したのも同じころであった。

こうして、春樹の生活はこともなく流れていったが、不幸にも自分の出生の秘密を知ってなまけ始めた兄の友弥は、落第したため、とび級した藤村と同学年になって学校をやめてしまった。当時、特に勉強のできる生徒は、一度に二学年進級できる制度があったのである。

木曽の山中で、大自然からひとりでに根強さと緻密（ちみつ）さを学びとった彼は、こうして文明開化の大都会でも、力強く近代的精神を身につけて行ったのである。

政治家志望

明治十九年（一八八六）泰明小学校を卒業した春樹は、いずれは大学に入るつもりで、上級学校の一種の予備校であった芝の三田英学校（後の錦城中学）に入り、さらに九月には、共立学校（後の開成中学）に通った。

このころ、吉村家は銀座裏から日本橋浜町に転居した。そこは大河端（おおかわばた）に近く、珍しい河岸（かし）の風物が大いに気にいって、春樹は、さっそくスケッチブックをひっぱり出したり、隅田川で水泳を楽しんだりした。また、父親の狂死を郷里から知らせて来たのも、同じ明治十九年の十一月であったが、彼はその葬式には帰らなかった。

翌明治二十年（一八八七）春樹は、さらに英語を勉強するために、明治学院に入学した。満十五歳、上京後七年目のことであった。

明治学院の学友と共に（明治21年6月，左端が藤村）

彼が、そのように真剣に英語をマスターしようとしたのは、恐らく、上京以来いつのまにか身についていた、新時代への大いなる野望のためであったろう。事実、その時代の少年がたいていはそうであったように、彼の胸にも新時代の精神がうずまいていたのである。小学生であった彼が『ナポレオン伝』を読んで感激したことは既に述べた。その時から春樹の胸には、ナポレオンという、一介の貧しい男から一国の皇帝にまで出世した大政治家が、一つの理想像として描かれていたのである。すなわち、彼の野心は政治家として身を立てることであり、英語はその手段であった。

これは、明治十年代の社会風潮を理解すれば誰しも納得のいく事情である。維新と同時に、進んだ西欧文明がとめどなく流入したが、まだそれに応ずるだけの基盤のない所へいきなりなだれこんだので、社会は随分混乱してしまった。それらも、明治十年代には幾らか整理されるようになったが、その中で最も知識階級や青少年の注目をあびたのが政治問題であった。

王政復古以来、明治新政府の形態も整備され、それにつれて批判者も現われると、世人の関心は一層そこに集中した。

新政府は、藩閥専制政治を続けていたが、これに反対する運動として、明治七年、板垣退助・後藤象二郎などが民選議院設立建白書を上呈して以来、十年代に入るとそれは、自由民権運動として急激に高揚し、明治十三年には、国会期成同盟の片岡健吉らから、国会開設請願書が提出されるまでになった。これを弾圧しようとした政府も、翌十四年には十年後の明治二十三年に、国会を開会するとの詔勅を下さねばならない程になっていた。ここにいたると、世人の政治熱は一層高まらざるを得ない。板垣退助の自由党、大隈重信の改進党ができたのもその直後である。

政府は、そんな世情のもとにいちはやく憲法の必要を覚り、明治十五年、伊藤博文をドイツに派遣して憲法の調査にあたらしめ、ひそかに憲法草案の起草にかかったのである。

藤村の東京での少年時代は、まさにこんな情勢下にあった。そして、彼が大志を胸に大学受験の準備として、明治学院の門をくぐった明治二十年には、国会開設を間近にひかえた民間政治家の動きはさらにめざましくなった。後藤象二郎を中心に、一時鳴りをひそめていた政治各派の団結運動である大同団結運動が起こったのもこの年なら、それを弾圧する目的で保安条令が発布されたのもこの年であった。まさしく、青少年の夢は政治的関心をめぐってうずまいていた。そして、これらの政治学や法律学はすべて外国から学んでいたのである。英語は、大学入学の準備であることもさりながら、大志ある彼らには必須(ひっす)不可欠の第一条件であった。

先に述べた通り、春樹もその例にもれなかった。また、吉村忠道が、アメリカへ留学させてやるとほのめかしたことも、彼をふるいたたせた原因の一つであった。

しかし、明治学院に入学したことは、後、思わぬ運命の誤差を生ぜしめることになるのである。大政治家をゆめみた彼の行手(ゆくて)には、期せずして、大文学者への道と、その艱難が待ちうけていたのである。

悩める青春の心

――政治家志望から宗教・文学へ――

明朗な雰囲気の中で

明治学院というのは、明治二十年九月に芝白金今里町に開校したミッションスクールで、第一期の院長は、ヘボン式ローマ字五十音で有名なヘボンであった。学院は、普通学部・邦語（ほうご）神学部・専門学部よりなり、普通学部は予科二年、本科四年があって、予科は、高等小学校卒業程度を入学資格としていた。

春樹は、開校と同時に、予科の二年をとんで、すぐ本科一年に入学した。そこは、中学校と高等学校を合（がっ）併（ぺい）したような特殊学級で、すべての授業を英語でまかなっていたから、教師も大半は外人であった。

また、学院を組織した人々がプロテスタントであったから、敬虔（けいけん）な清教主義の信仰が学園生活の中にとけこみ、それが一種独特の校風をつくっていた。それまでの日本では見かけることのできなかった清純な男女交際に代表される、自由で明朗な社交の雰囲気が生まれた。文学会が催されて、西欧の近代詩が朗読せられるような芸術的雰囲気も生まれ、白金猿町にあった同じミッションスクール、頌栄（しょうえい）女学校の文学会とは招いたり招かれたりした。良家の子息が多く集まっていたため、校風は一層華（はな）やかであった。

こうした雰囲気にひたりながら、春樹が、高輪（たかなわ）台町教会において、共立学校時代の恩師であった木村熊二によって洗礼を受けたのは、明治二十一年六月のことであった。

この木村熊二という人は、アメリカ帰りの牧師で、熱心な教育家であり、明治十八年には明治女学校を創立していた。藤村がおそわったのは、共立時代の一年足らずであったが、その後も出入りして何かと世話になっていた。後に、明治女学校や小諸義塾の教師になったのも、巌本善治を知って文学の足がかりをつかんだのも彼のおかげであった。

こうして草深い木曽の山中から、文明開化の真只中におどり出た少年は、以来八年、次第に渋皮もむけて、暫らく会わなかった人がびっくりするような、時代の先端を行くスタイリッシュな少年へと変貌するのである。

丁度このころのことを、藤村自身が『桜の実の熟する時』の中に書いているので、その一節を紹介しておこう。

「学校に入つた当座、一年か二年ばかりの間、捨吉（藤村）は実に浮々と楽しい月日を送つた。……彼は自分の好みによつて造つた軽い帽子を冠り、半ズボンを穿き、長い毛糸の靴下を見せ、輝いた顔付の青年等と連立つて多勢娘達の集る文学会に招かれて行き、プログラムを開ける音がそこにもここにも耳に快く聞えるところに腰掛けて、若い女学生達の口唇から英語の暗誦や唱歌を聞いた時には、殆んど何も彼も忘れて居た。楽しい幸福は到るところに彼を待つて居るやうな気がした。彼は若い男や女の交際する場所、集会、教会の長老の家庭などに出入し、自分の心を仕合にするやうな可憐な相手を探し求めた。物事は実に無造作に、自由に、すべて意のままに造られてあるやうに見えた。」

これによって、春樹がいかにのびのびした開放感を満喫していたか想像することができる。すべて、明治学院の校風が影響したためであった。

しかし、開放感や文学的雰囲気に浸りながらも、彼の政治熱は、まだ冷えてしまったのではなかった。立身出世の野望をなおも激しく燃やしながら、勉強もよくできた。成績は常に首位を占め、教師や仲間たちからも期待され注目される学生であった。

憂鬱な青春

ところが、三年目をむかえるころから、春樹は次第に憂鬱な重苦しい青年に変わっていったのである。スタイルを気にし、人前を華やかにつくろい、出しゃばった生意気な奴とすら思われることのあった過去の面影は、もうどこにもなかった。

明治二十二年になると、長い間学校を休んでしまうこともしばしばであった。明治学院の同窓生で、後の「文学界」の同人でもあった馬場孤蝶が、当時の思い出を『明治文壇回顧』で次のように書いている。

「僕は明治二十二年の一月に明治学院の二年級に入つたのであるが、その二月頃かと思ふのであるが、島崎君に紹介されたことがある。それまでは島崎君は学校へは出て来なかつたやうである。……洋服を着た背の低い如何にも気の利いた顔つきの青年で、少し前こごみになつて、少し含羞むだやうに僕に言葉もなく挨拶したのが島崎君であつた。それからずつと一学期の終りまで島崎君は欠席してゐた。」

秋のころには再び出席するようになったが、以前とはうって変わって、すべてに控えめで、友人にも近づこうとしなかった。勉強もなまけがちであった。授業の方法が、英書を用いていた関係で、前日に分担を割当てておいて教師が質問するやり方であったが、彼は、それさえもすっぽかしてしまうことがたびたびであった。試験の時ですら、十分もたたない間に黙って席をたったりした。教師たちは、反面で憤りながらも、また反面では失望し、彼のために悲しんだりした。「島崎という男は非常によく出来る男だが、非常に怠け者だ」といって嘆息した先生もあったそうである。再び、馬場孤蝶の言葉を引用しよう。

「授業が始まると、どこからともなく忽然と教場へ出て来るのであるが、授業がしまふとどこかへ見えなくなつてしまふ。時間の間の十分か十五分の休憩時間に我々は雑談をするのであるが、島崎君がその間どこに居るのかわからなかつた。時たま遠くの方を歩いてゐる島崎君の影を見かけて話でも仕かけようと思つて、その方へ歩いて行かうとすると何時の間にか姿が見えなくなつてしまふ。」

しかし、春樹は、只無暗に偏屈者の態度をとっていたのではなかった。その理由を明かせばこうである。はじめ、目新しい西欧風の開放的な学風に酔って、享楽的な社交生活を満喫したのであったが、それはいつまでもなが続きのするものではなかった。心の片隅に一たび反省が湧きあがると、それは、いつしか後悔になっていた。いったい、自分は何をしていたのか、これでいいのか、と考えた時、これまでのうわついた生活のすべてが嫌悪され出したのである。他人から才人だといわれる反面に、出すぎものだといわれることもあった。すると、自分でもそんな気がし出したので、態度を一変するようになったのである。それまでの生活態度がいちがいに悪いというのではないが、少年時代の落ち着いた彼を考慮すれば、身分不相応に良家の子弟を模倣したのは、多分に軽はずみであった。

それに気づいた時、少年時代にはたいていの人がその傾向を持っているのであるが、彼は、特に極度の反動的方向に走ったのである。一途な性格が極端から極端に走らせたのである。自分のすることが気にいらず、華やいだ場所とも、華やいだ人々とも縁を切って、ひっそりと孤独におとし入れた自分を、容赦なくせめつけたのである。当時の明治学院は一応全寮制の形をとっていたが、そこも引き払って、ひとり素人下宿に身をかくしたのもそのためであった。

彼は、それ程にも、厳しく物事に処せねば気のすまない性格の男だったのである。一説に、一高受験に失敗した照れ隠しもてつだっていたのだろうというが、真偽の程はさだかでない。それより彼を暗い孤独に引入れたもう一つの理由が考えられるとすれば、それは、早熟な感性に、万事を内攻的に深く思索する本来の理性がからんだためであったろう。八歳のころに初恋を覚えた彼の、年とともに異性に憧れて行く本能的な気持が、自分が親ゆずりの暗い本能の持主であると信じるようになるにつれて、純真なキリスト教徒であるために一層暗い気持にしていったのである。

彼は、当時はたいして珍しいことでもなかったが、父の浮気を知っていたし、母の暗い秘密をも知っていた。兄の友弥は、そのために堕落して、自ら姿を隠してしまったのである。その血が流れている。どうしても彼はそれを否定することができなかった。しかし、それでいてなお、異性への憧れを断絶することができない。その誰もが持っている普遍的な情緒すら、今はいまわしかった。すてきな相手を求めようと女学生の文学会で胸をどろかせたのも、普通なら懐しい思い出となるのであろうが、彼にとってはいまわしい記憶として思い出された。彼は、それだけ純真な心の持主だったのである。

文学へのめざめ

こうして、明治学院四年の間、前半をわれを忘れて過した春樹は、後半をひっそりと人人から離れて、学校の図書館にこもって読書に耽っていたのである。そうして、いつしか宗教と文学に親しむ青年となっていった。特に、今まで知らずにいた数々の西欧文学に触れることができた。シェィクスピア全集・ダンテ・ゲエテ・バイロンなどをかたっぱしから読みあさり、自らワーズワース全集を買い求めたりもした。同時に、日本の新しい文学も目に触れだすと、その浪漫的な情熱を愛読せずにはおかなかった。二葉亭四迷の『あひびき』、坪内逍遙の『細君』、森鷗外の『舞姫』、幸田露伴の『風流仏』などであった。

明治十年代中期から異常なまでの高まりを見せて人々を魅了した政治熱は、当時、つまり明治二十三・四年ころにピークを描いて、その後も衰えを見せなかったが、同時に、社会が平静を取り戻すにつれて新たに人々の関心を引いたのが、美術・音楽・文学などの芸術的活動であった。明治十八年（一八八五）に、逍遙の『小説神髄』で近代への第一歩を踏み出したといわれる日本の文学も、同じ年に、四迷や、尾崎紅葉を中心とする硯友社の一派が出現し、やがて二十年の声を聞くころには、紅露時代を作った紅葉・露伴の活躍の他に、鷗外などによる外国文学の紹介が盛んになり、また日本の古典文学も再認識されだして、さらに大きくはばたこうとしていたのであった。

春樹が独り図書館にこもっていたのが、ちょうどそういう時期だったのである。彼も、もちろん日本の古典文学を理解しようとした。芭蕉(ばしょう)・西行(さいぎょう)・其角(きかく)から近松(ちかまつ)まで入手したのであった。

彼は、こうして文学に目覚めて行ったのであるが、その経路は、まず西欧の文学によって開眼し、そこから自国の古典に入って、やがて、晩年に至るまで師ともあおいで憧れた西行や芭蕉を見い出したのであった。

このように、春樹は、世俗的気分を逃避することによって、いつしか文学の味を覚えた。これが、やがて彼が文学者として立つ最初の要因であったが、それ以前から、明治学院の文学的雰囲気も多分に影響していた。また彼は、孤独を保っている間も、後に「文学界」の同人となった戸川秋骨(とがわしゅうこつ)・馬場孤蝶の二人だけとは親しく話すことがあった。卒業まぢかなころになると、偏屈すぎる自分を反省して、彼の風変わりな態度も徐々に和(なご)んで行った。秋骨や孤蝶と一層親しくなったのはいうまでもない。

新文学の仲間たち

明治二十四年(一八九一)六月二十七日、十九歳にして無事明治学院普通学部を卒業した春樹は、一時、吉村忠道の経営する横浜の雑貨店で店番をてつだっていた。それは「マカラズヤ」というだいぶ大きな店で、吉村は自分の仕事を春樹に継がせるつもりで、彼に実業家となることを望んでいたのであった。

　しかし、それは、いつしか文学のとりこになっていた青年にとって、いか程の興味をも起こさせなかった。文学で身を立てたいものだとひそかに決心を固めていた彼は、単調な、それでいて自分の自由な時間を持つことのできない仕事の明け暮れにも、テエヌの『文学史』をこっそり帳場の下に隠して読むというような日常をくり返していた。

文学界同人
島崎藤村　馬場孤蝶　平田禿木（後左より）
上田　敏　星野天知　戸川秋骨　星野男三郎（夕影）（前左より）

　そこで、彼は初めて実証主義の文学に触れることができたのであった。「人」と「環境」に重きを置いて、生きた人生を見つめようとするその文学的立場は、それまでの日本文学には見出すことができなかった。単なる興味本意の読物ではなく、通人（つうじん）の遊びでも絵空言（えそらごと）でもない。この時彼は、文学にむしろ歴史的な事業としての意義を痛感したのであった。彼の文学熱は、もうおさえきれないところまで高揚していた。

　やがて、こらえきれなくなった彼が、かつ

て木村熊二を通して知った、熊二の愛弟子でキリスト教界の名士である巌本善治に手紙を送り、苦しい胸中を打ち明けて身の振り方を相談したのは、その年も暮れようとするころであった。

当時、善治は、木村熊二の経営する明治女学校の管理責任者であり、教頭であり、「女学雑誌」の編集者としても有名であったから、気の毒な後輩のために翻訳の仕事を都合してやり、月九円也を支給する旨の快い返辞を送った。春樹は、もちろん勇躍して喜び、「俺はまた、行く行くこの店を任せるつもりで居たのに――」と失色覆うすべもない恩人吉村を背にして、有難く先輩の温情に従った。これが、春樹の、文学的事業に踏みだした第一歩であった。

「女学雑誌」というのは、「女学新誌」の後身として、明治十八年七月に創刊された、キリスト教的理想主義にもとづく婦人の教育雑誌であって、初めは明治女学校から発行されていたが、十九年七月、第三十号からは善治の手に帰していた。婦人の自覚と向上を目的とし、二十年二月に創刊された徳富蘇峰の「国民之友」と共に、当時のキリスト教系の雑誌として多くの読者をもっていた。

初めは、あくまでも教育面を重視していたが、二十二、三年のころから、巌本夫人である若松賤子をはじめとして、田辺花圃（後の三宅雪嶺夫人）や星野天知などの文学者が関係するにおよぶと、急に文学雑誌的な趣ができだした。しかし、「女学雑誌」を文芸誌化することは、善治の望むところではなかったので、やがて両者の間に対立が生じ、そこから、天知の編集する「女学生」を派生するに至る。若い情熱的な文学者は、この小冊子に集まって日本の浪漫主義の芽を育てていくのである。

春樹が善治にむかえられたのは、ちょうどこうした空気のもりあがっているころであった。彼は明治二十五年一月に無名子の署名で『人生に寄す』を発表したのを初めとして、翻訳や英詩の紹介につとめたが、「女学雑誌」に関係することによって、色々な若い文学者の群に加わる機会を得た意義は大きかった。なかんずく北村透谷（きたむらとうこく）との交友は、精神的にも、文学的にも多くの影響をおよぼさずにはおかなかった。

二月のはじめ、透谷の『厭世詩家と女性』と題する論文を「女学雑誌」誌上に読んだ時、彼の驚きは大変なものであった。自分がいおうとしていいえないでいるようなことを、熱烈な文章で大胆に叫んでいた。「恋愛は人生の秘鑰（ひやく）なり」という冒頭にはじまり、芸術家の特性と恋愛の崇高、神秘を説いたこの文章は、春樹一人に限らず、時代の青年に大きなショックを与えた。以来、彼は、透谷に心ひかれ、その浪漫的な気概にうたれた。透谷も、しばしば訪ねて来る後輩と快く語り合い、いちはやくその文学的才能を認めてやったのであった。

再び憂鬱の中で

同じころ、春樹は木村熊二の台町教会から、高名な牧師植村正久のいる麴町（こうじまち）一番教会（現在の富士見教会）に籍を移した。長兄の秀雄が、家名挽回（ばんかい）を計ってさまざまの手だてを講じたが、理想が先走って実践の伴わない、いわゆる士族の商法と終わって、島崎家の財産一切を人手に渡してしまったのもちょうどその当時であった。だから、文学仲間を得て張り切っていた春樹も、一方では楽しまない日々を送るようになっていた。

彼が、巌本善治が管理に当り、星野天知が教頭であった明治女学校に、天知のすすめで教師となったのは、同じ明治二十五年（一八九二）の十月であった。月給は十円で、英語と英文学の初歩を講義した。テキストには、かつて帳場で隠し読んだテエヌの『英文学史』を用いた。満二十歳の若き日であった。

彼は、そのころから、透谷の他に天知とも親密になって行った。その弟夕影を知り、その友人平田禿木(ひらたとくぼく)を知り、ヨーロッパの近代文学に親しむ若い情熱家との交際にも巾(はば)が出てきた。また、信州小諸(こもろ)に住むようになっていた木村熊二のすすめで、田辺蓮舟(たなべれんしゅう)（花圃の父）や栗本鋤雲(くりもとじょうん)らについて漢学の素養を修めようとしていたのも同じころのことである。文学にとってすべての勉強の必要性を知る熊二の親心であった。

ところで、春樹の初めての教師ぶりはどうであったろうか。当時、高等科の女学生はみな二十二歳前後の娘盛りであった。生まれて初めて教壇に立つのに、相手が自分より年上であるとは、…………世間馴れない若い教師がいかなる苦労を味わったかは、察するに余りある。これは、少年時代に何度もとび級をしたためであった。

天知が後年語ったところによれば、彼の教師ぶりは余り好評ではなかったらしいが、当時の生徒であった佐藤輔子(すけこ)の日記によれば、そうとばかりも思えない節もある。彼女の場合は特別だったのかも知れないが、彼の講話に同感し、授業を楽しみにしていたことが分るからである。残念ながら、彼の教師ぶりを知る資料はそれ以上残っていない。

さて、そのころ、無視できない一つの事態が起こった。彼の胸に教え子の佐藤輔子がいつしか忘れられない女性となってしまったのである。

輔子は、春樹よりも一つ年上で、静かな女らしい雰囲気の持主であったが、ときどき「女学雑誌」の手伝いをしたこともあったので、それが初対面だったわけではなかった。春樹の思慕はひそかだったが、やがてそれとなく知れると、輔子も悩み多い娘となっていった。彼女の郷里花巻には許嫁が待っていたのである。春樹もそれは十分に承知していたし、もとより純粋なプラトニッククラブにすぎなかった。愛を打明ける段階ではなかったのである。やさしい女性を心の中であたため、精神的な愛を経験することによって、人生の憩いを味わおうとしたのである。そこには、真の浪漫的な愛情の姿があった。

しかし、いくら本人がプラトニッククラブを意識していたとしても、独りひそかに思う心は決して穏やかではなかった。まして、相手は年上といっても現に在学している教え子である。彼は、特に教室で輔子を見るのがつらくなった。そんな自分自身もいやであった。

急に関西漂泊の旅を思いたって、女学校の後任を透谷に託し、輔子のよく行く一番町教会の籍も外したのは、明治二十六年一月の下旬であった。わずか三ヵ月の教師生活であった。これは、自分を生かそうとするために、一方で半面の自分をも殺しかねない強烈な処置であったが、天知も透谷もそれを理解した。殊に天知は、傷心の後輩を慰めようと、十分な旅費を都合してやったのであった。

青春の詩

——旅に休らいと抒情を求めて——

漂泊

さて、関西漂泊の途につく春樹は、三日前に発行されたばかりの、インクの香もなまなましい「文学界」創刊号を携えていた。これには、古藤庵の名で寄せた彼自身の作品も載っていた。『悲曲・琵琶法師』と『別離』であった。つまり、関西旅行の出発日であったその日は、彼自身にとっても、その仲間たちにとっても、またとない記念すべき出発の日だったのである。

「文学界」は、星野天知の主宰のもとに、その弟夕影、北村透谷、島崎藤村、平田禿木、戸川秋骨らが集まって組織した文学同好雑誌であったが、さかのぼれば「女学雑誌」に端を発し、天知自身の「女学生」を足場として一歩踏み出したものであった。初めは同好雑誌であったために、高く掲ぐべき理想や信念はもたなかったが、文学史的に見て、この時日本浪漫主義は明らかにその旗印をはためかしたのであった。

当時の文壇は、硯友社の人々と、幸田露伴などが活躍していたが、まだまだ近代文学になりきった状態ではなかった。紅葉を中心とする硯友社は、粋を好み、遊びの文学を好んで、場面々々の興味で小説を構成していた。写実的な要素はあったが、人生を深く見すえたものとも、人生を深く考えさせるものともいえなかった。理想主義的な男気の世界を好んで書いた露伴にしても、本質的に人生を追求した文学ではなかった。

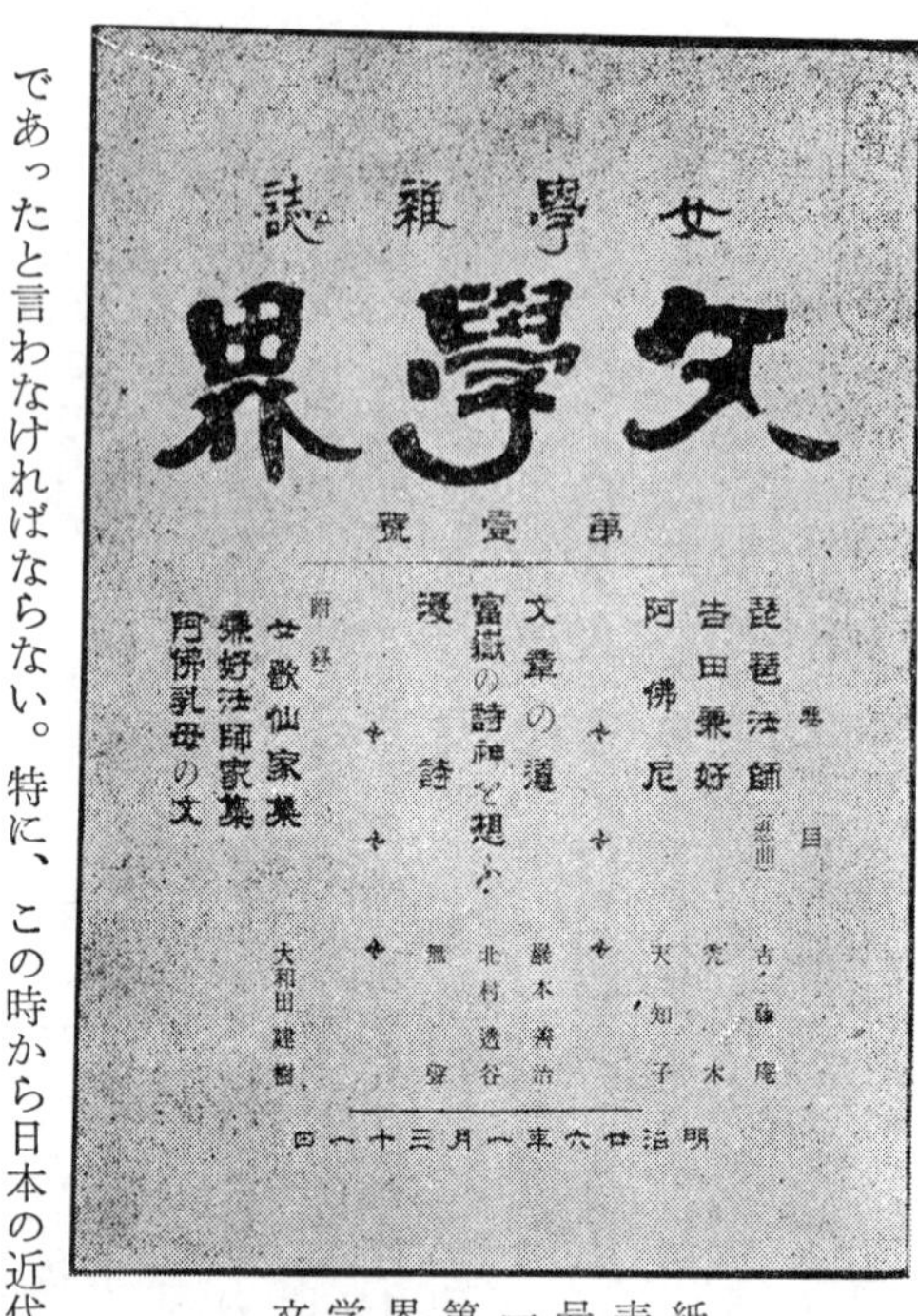
女學雜誌
文學界
第壹號
目次
琵琶法師（悲曲）　古藤庵
吉田兼好　禿木
阿佛尼　天知子
文章の道　巖本善治
富嶽の詩神を想ふ　北村透谷
漫詩　無署
附録
女歌仙家集
兼好法師家集
阿佛乳母の文　大和田建樹
明治廿六年一月三十一日

文学界第一号表紙

しかも、この時代は、硯友社が文壇の勢力を一手に握っていたのである。大ていの若手は、作家になりたければ彼らの門下となってその袖にすがるより仕方がなかった。ちなみに泉鏡花は紅葉の玄関番であり、徳田秋声や小栗風葉もその門下であった。また、田山花袋は江見水蔭に師事したことがあり、永井荷風も広津柳浪の弟子であった。そんな時代に、半近代的な文学にあぐらをかく一団とは全く無関係に、自らの浪漫主義を樹立しようとする人々が現われたのは大変な出来事であったと言わなければならない。特に、この時から日本の近代詩が確立されていったのである。

別れとは悲しきものとはいひながら
旅に寝ていつ死ぬらむといふ勿れ

よしやよし幾千年を経るとても
花白く水の流るるその間
見よ〱われは死する能はず

「文学界」創刊号に寄せた春樹の詩である。詩人の誇張はあるが、その『別離』を載せた記念すべき一冊子を携えて、一月三十日、彼は東京を後にした。愛しい女性をあきらめた悲しみと、これから幾つもの艱難を踏みこえて行かねばならない文学への情熱とで、複雑な胸はあやしくときめいた。その心情が、これから実際に経験しようとしている旅の姿を借りて、『別離』にこめられているのである。とりとめて云々する程すぐれた詩ではないが、彼の気持を考えれば至極もっともな作品である。東京をあとにした彼は、まず鎌倉の別荘に天知を訪れ、翌日大船から汽車に乗り、沼津、興津、熱田、四日市、大津、京都を経て、六日目にようやく神戸に着いたのであった。それから二週間ばかりは須磨の漁師の家に寄宿していたが、二十二日に高知へ渡り、明治学院卒業と同時に郷里の共立学校で教師をしていた馬場孤蝶のもとに身をよせた。それから、二十八日に再び京都に戻ると、吉野山に、憧れの歌人の古跡である西行庵を訪れたり、天知の知人宅に身を置いたりしながら、四月一ぱいはそこを立ち去ろうとしなかった。旅費が切れると、天知に無心を書いて送った。

五月の下旬には近江石山寺の門前で自炊生活を送ったが、七月になるころからようやく東海道に沿ってゆっくり北上し、途中は、鈴川で透谷・秋骨・禿木に会い、元箱根では孤蝶の訪問を受けたりした。そして、九月の中旬には、一時東京に留まった後岩手県まで北上していた。一ノ関では家庭教師をして露命をつないだりもした。この前後のあれこれは、『春』にくわしく書かれている。

春樹が、約十カ月にものぼる日本縦断の旅をおえて、再び東京に舞い戻ったのは、十一月の下旬であった。

その時は、いたしかたなく気まずい思いで吉村家のしきいをまたいだのであるが、十二月に長兄秀雄の一家が上京して下谷三輪町に住むと、彼もやがてその家に寝起きするようになった。しかし、定職のない生活は苦しかった。そのため、翌明治二十七年二月から十一月までは、文学界雑誌社の事務所をあずかって家賃をかせぎ、四月からは再び明治女学校に復職することになった。ところが、女学校での評判は非常に悪く、「石炭がら」というありがたくない渾名(あだな)をちょうだいするしまつであった。彼には青年らしい意気潑剌(はつらつ)としたところが少しもなかったのである。

詩人誕生

春樹の周囲には、息苦しいまでの困難や悲哀がたちこめていた。それが、彼の心を暗くし、人人の印象を悪くしていたのであった。

まず第一が、彼に多くの影響を与えていた北村透谷の自殺であった。透谷は、前年の暮に、現実によって美しく描いた理想が次々と裏切られて行くのを悲観して剃刀(かみそり)自殺をはかって失敗し、周囲の人々に心配をかけていたのであるが、この年の五月十六日、ついに芝公園の松の木に自らの首をくくって、二十六歳の若い生命を絶ってしまった。一面からいえば、敗北には違いなかった。しかし、一概に彼をののしることはできない。彼の残したものは大きかった。近代的な人間性と文学を求めての悪戦苦闘の中から、浪漫主義の大きな運動を起こしたのは、まさしく彼であった。しかし、意外にも彼の理解者は少なかったのである。

そんな中で、誰よりも深い感銘を受け、できる限りの理解につとめ、深い敬愛をよせていたのが春樹であったから、透谷の自殺を彼がいかに悲しんだかは、容易に推察できよう。しかし、ここで挫けてしまう程、彼は不甲斐ない男ではなかった。悲しみは確かに深かったが、それをただの悲しみで終わらせてしまわないだけの図太いものがあった。先輩の言葉や書物から多くのものを学んだ彼は、先輩の最後の行為からも何ものかを学んでいたのである。それは、自己を大切にすること、自己に忠実に、しっかり現実を踏まえて少しずつ伸びて行かねばならないことなどであった。透谷は、余りに早く目覚めすぎたのである。現実を飛躍しすぎた理想のために、目覚めた自己を現実におしとどめることができなかったのである。深い悲しみの中でも春樹は、それだけの事実は見失わなかった。ここから、彼の現実に即した人生態度が生まれてくるのである。

次に彼を悲しませたのは、同じ六月、長兄秀雄が事業失敗によって投獄されたことであった。そのため、一家の面倒を見なければならないという重荷がおしかぶさって、その苦しい生計は一層苦しくなり、暗い心は一層暗くなって行った。

またすでに思い諦めた女性であるとはいっても、卒業後しばらくを校務手伝いに費やしていた愛する佐藤輔子が、結婚のために帰郷してしまったのも、いまさらながら痛手であった。世間は日清戦争騒ぎで忙しく、めざましい日本兵の進撃がおおげさに伝えられたが、春樹の周囲には、明るく力づけてくれる材料は何もなかった。

もう、芸術的情熱だけでは、打拉がれた暗い気持を救うことはできないのであった。「石炭がら」と女学生に悪口を言われたのもちょうどそのころであった。

この年には、二月に『野末物語』を、六月に『山家ものがたり』を、いずれも「文学界」に発表しているが、石山寺で母恋う娘千草に会うという前者にせよ、吉野の西行庵を訪ねる青年の夢を語る後者にせよ、生気のない、味わいの薄い、書いたというだけの作品になっている。人生においても、文学においても、彼は深い不振の底にあえいでいたのである。余談めくが、彼が〝藤村〟の号を用いたのは『野末ものがたり』が最初である。一説によると、この〝藤〟は佐藤輔子の〝藤〟なのだという。どうも本当らしい。いかにも奥ゆかしく、あわれではないか。とも角、これから春樹という本名をはなれて、親しみのある藤村の号によって話をすすめて行くことにする。

こうした苦悩の中で、ふと彼を元気づけてくれたのは、なにげなく手にしたルソオの『告白録』（懺悔録）であった。彼は、その書物から、少し前に透谷の自殺から教えられたのとほぼ同じ真理を教わったのである。自分というものを自覚し、それに即してあるがままの生を見ようとする態度、つまり、自然の中の自然な自分を無理なくとらえることであった。それによって、彼は、真実の自己を発見し、行かなければならない道を教えられた。堪え忍びながら、一歩々々前進するより良策はないのである。

それに力づけられてかどうか、藤村が、苦しみの中から亡友のために『透谷集』を編集したのは、十月の初旬であった。

約一年がすぎ、ひとり悪闘を続ける彼に、佐藤輔子の病死が伝わったのは八月のころであった。彼が再び明治女学校を辞して、母と二人で本郷湯島新花町に移転したのはその直後である。長姉高瀬そのの援助で東京大学文学部へ入学するため、受験勉強をする積りなのであったが、間もなくこの夢も、姉の都合でとりやめとなってしまった。

そんな不幸続きの中でも、藤村は、くじけずに根気よく自己の文学をみがいていた。そして、少しずつではあったが、当然の報酬が兆し出した。明治二十八年には、二月に『葛の葉』を、六月に『二本榎』を、七月に『ことしの夏』を、十月に『藍染川』を、十二月に『韻文について』をそれぞれ「文学界」に発表したのが主な作品であるが、中でも、『ことしの夏』と題した詩九編は、抒情詩人藤村の誕生を知る上にも、透谷の死と『告白録』からの暗示をさぐる上にも大変興味深い。まだ生々した本領はないが、主として自然の風情に詩人の心を託したもので、写実的手法の中にしっとりした抒情味があふれている。

塵埃を生ひし芍薬の

一輪庭にさきしとき
朝には朝の露を帯び
　暮には暮の影を添ふ

いかに激しき白雨の
　いかに悲しき閃雷の
心の闇を襲ふとも
　懼るゝなかれ吾花よ

『芍薬』と題した一編である。一輪の芍薬に自己を投影していることはすぐわかるだろう。音律にも工夫をこらし、日本古来の七五調を用いているが、これは全盛時代の藤村がよく用いた手法で、ここにも時代的大詩人の一面がきざしている。また、こんな詩もある。

星あり星あり空にあり
星あり星あり前にあり
夏の夕べの夢さめて

遠きひかりに眺むれば
うれしや蓮は水を出で
花あざやかに影深し
あゝあゝ動いて新しき
星に涙を濺がばや

『新しき星』と題したこの一編も、詩人の心を自然に託したものである。星は希望・憧憬の象徴である。第二句までが八五調、後は七五調の定型詩で、初句と第二句のくり返しも彼のよく用いる手法である。いずれの詩も、青春の哀愁と情熱をこめた前向きの姿勢を示している。とびきり上等の詩ではないが、すでに全盛時代をむかえる俤はやどっている。

遂に新しき詩歌の時は来りぬ。

とは、後年の『藤村詩集』の序の第一節であるが、藤村にとって、「新しき詩歌の時」はすでにはじまっていたのである。

仙台へ

明治二十九年の春、母と共に本郷森川町に転居した藤村は、新しい文学仲間として、上田敏、田山花袋、柳田国男などを知った。皆まだ無名に近い時代で、彼らは腹蔵なく語りあったりしたのであるが、やがて藤村は、明治女学校を辞任してまで期待した大学入学を断念しなければならなかった後だったから、生計は苦しくなるばかりで、いたしかたなく親しい人々とも別れて、明治女学校時代の同僚の世話で東北学院に赴任する決心をした。八月下旬、「文学界」の同人たちは、不忍弁天の境内に集まって彼のために送別会を開いた。馬場孤蝶、戸川秋骨、平田禿木らが参加した。九月初旬、秋風の立つ中を、彼はただ一人仙台へ赴いたのであった。

しかし、不幸は重なり、東京に残しておいた母親が帰らぬ人となったため、赴任後まだ落ち着かぬ身で急きょ上京したのは十月の中旬であった。悲しみの中に、留守中の兄の名代として遺骨を抱いて郷里を訪れた彼は、つつがなくねんごろな弔いを終えたが、そのころ、すでに人手に渡っていた旧屋敷は、前年の大火で跡形もなくなっていた。それは、彼の気持を一層やるせないものにした。

仙台に戻った藤村は、素人下宿に引きこもって、孤独な詩作と読書に耽っていたが、約一年間ばかり続いたこの見知らぬ地方での生活が、詩人藤村にとって万金にも値する大切なものとなったのである。再び東京に戻る時、彼は大成功という三文字と二人づれであった。

さて、その仙台は、自然環境にめぐまれた静かな城下町であった。都会の喧騒を離れ、肉身も友人もなく、独り静かに心の傷をいやし、じっくりと自己を見つめ、心おきなく詩情を練るには恰好の場であった。

東北学院は、押川方義がウィリアム・E・ホイルと共に明治十九年に開設した仙台神学校に始まり、明治二十四年、普通科とその上の神学部を設置し、東北学院と改称した学校である。藤村は、普通科で作文と英語を教えていたが、ここにもまた、明治学院と同様なミッションスクールらしい雰囲気があった。文学会があって、多少詩人としての名を知られていた彼は、翌年の会長改選のおりには文学会会長の肩書を押しつけられた。また、「東北文学」が発刊され、苦学生たちの集いからは、「芙蓉峰」も出ていた。彼は、いずれの雑誌からも原稿を依頼された。それと同時に、仙台に住む新しい文学者との交友が始まったのも、重要なできごとであった。その中には、間もなく藤晩二家と称される時代の一方のにない手となる、土井晩翠があった。彼は、まだ東大の学生であった。新進評論家高山樗牛や、佐々醒雪、佐藤紅緑らも仙台の住人であった。

そういう文学仲間と新しい交わりを結び、松島に代表される明媚な風光に接し、図書館から借り出したゲエテやハイネを読みながら、彼の詩作は急速にみがかれていった。宿の娘の弾くヴァイオリンに感興をそそられて、自らも手にしてみるような余裕すら出てきた。

心の宿の宮城野よ
乱れて熱き吾身には

日影も薄く草枯れて
荒れたる野こそうれしけれ

『若菜集』に収められた『草枕』の一章である。彼は、寂寞(せきばく)の中で初めて心から休(やすら)いを感じることができたのである。それが新たな生命力を培(つちか)い、目覚ましい飛躍へとつながって行くのである。実に、彼の生涯の夜明けとでも称すべきであろう。

大いなる抒情詩

藤村の抒情味あふれる、流れるような詩は、次から次へと生まれて行った。もちろん、『ことしの夏』の九編ですでに開眼していたのではあるが、そのまま東京にとどまっていたとしたら、これほどの詩作が生まれて来たかどうかはわからない。『若菜集』と『一葉舟(ひとはぶね)』に収められた詩編の大半は、この一年間に書かれたのである。ちなみに、翌年上京するまでに発表したものをひろってみよう。

『草影虫語』七編（明治二九・九）『一葉舟』十八編（同・二〇）『秋風の歌』九編（同・一一）『うすごほり』六編（同・一二）『若菜』六編（明治三〇・一）『さわらび』五編（同・二）『深林の逍遙』『うたたね』五編（同・三）

それらは、いずれも「文学界」に発表されたものである。ここに、日本の近代詩は名実ともに確立し、新しい創作詩の時代が訪れたのである。

「遂に新しき詩歌の時は来りぬ。

そはうつくしき曙のごとくなりき。うらわかき想像は長き眠りより覚めて、民族の言葉を飾れり。

伝説はふたゝびよみがへりぬ。自然はふたゝび新しき色を帯びぬ。

明光はまのあたりなる生と死とを照せり。過去の壮大と衰頽とを照せり。

新しきうたびとの群の多くは、ただ穆実なる青年なりき。その芸術は幼稚なりき。不完全なりき。されどまた偽りも飾りもなかりき。青春のいのちはかれらの口唇にあふれ、感激の涙はかれらの頬をつたひしなり。こころみに思へ、清新横溢なる思潮は幾多の青年をして殆ど寝食を忘れしめたるを。われも拙き身を忘れて、この新しきうたびとの声に和しぬ。

詩歌は静かなるところにて思ひ起したる感動なりとかや。げにわが歌ぞおぞき苦闘の告白なる。

誰か旧き生涯に安んぜむとするものぞ。おのがじし新しき道を開かんと思へるぞ、若き人々のつとめなる。

生命は力なり。力は声なり。声は言葉なり。新しき言葉はすなはち新しき生涯なり。

なげきと、わづらひとは、わが歌に残りぬ。思へば、言ふぞよき。ためらはずして言ふぞよき。いささかなる活動に励まされて、われも身と心とを救ひしなり。芸術はわが願ひなり。されどわれは芸術を軽く見たりき。むしろわれは芸術を第二の人生と見たりき。また第二の自然とも見たりき。

あゝ詩歌はわれにとりて自ら責むる鞭にてありき。わが若き胸は溢れて、花も香もなき根無草四つの巻とはなれり。われは今、青春の記念として、かかるおもひでの歌ぐさかきあつめ友とする人々のまへに捧げむとはするなり。」

第一節目は先にも引いた。『若菜集』『一葉舟』『夏草』『落梅集』の四つの集をまとめて『藤村詩集』として出版した時の序である。後に書いたものではあるが、当時の藤村の心情、気概をよく表現している。つまり、藤村自身の夜明けは、日本詩壇全体にとっての夜明けでもあったのである。

わきてながるゝ
やほじほの
そこにいざよふ
うみの琴
しらべもふかし
もゝかはの
よろづのなみを
よびあつめ
ときみちくれば

うらゝかに
とほくきこゆる
はるのしほのね

『潮音』と題した一編である。彼の心情と、時代の情勢とをいかにも象徴的にとらえているではないか。

さて、こうした藤村の詩にいちはやく注目して真価を認めたのが、かつて森川町で知己になった上田敏であった。彼は、明治二十九年十二月の「帝国文学」誌上で、「新体詩界は近時またもめでたき格調と思想とを耳にしたり」という書出しで、非凡の大詩人の出現に惜しみない賛辞をおくったのである。わずか半年の間に二十四歳の若い詩人藤村は大詩人とまでいわれるようになったのであった。波に乗った藤村は、西行と芭蕉に憧れを抱きながら、自然を、人生を、恋愛を、燃えるような情熱でうたいあげて行った。中でも、恋愛感情を主にした詩には、たとえようもない情熱と哀愁がこもっていた。これらの詳しいことは、作品編で述べることにしよう。

多大な名声を博した藤村は、翌明治三十年の春には、春陽堂と、処女詩集『若菜集』の出版契約をとりかわしたが、その出版も待たずに、突然、東京へ舞い戻ったのは、六月三十日の卒業式の直後であった。何故、急に辞職したのか、はっきりした理由はわかっていないが、凡そ三つの理由が考えられている。

第一は、高山樗牛が、その年の四月に二高（後の東北大学）の教師を辞して上京し、博文館の雑誌「太陽」で中央文壇に進出したことである。藤村の若い心は大いに刺激(しげき)された。第二は、『若菜集』の出版によって、中央詩壇での活躍に希望が持たれたことである。第三は、長兄秀雄が出獄して、留守宅を見る必要のなくなったことである。若い肩に、一家の面倒を見る荷は重すぎた。あるいは、その全部が理由であったかも知れない。とも角、仙台の一年間を最大限に生かした彼は、ゆうゆうと東京へ舞い戻ったのである。

よりよい詩のために

藤村の第一詩集『若菜集』は、八月二十九日に出版された。これによって、すでに高まり始めていた、彼の文名はますますゆるぎないものとなった。しかし、それによって得た彼の報酬はわずかに十五円であった。当時の文学者、中でも詩人の収入がいかにささやかなものであったかは、これでも十分に推察できよう。だから、予想とは反して、藤村の生活は相変わらず苦しかった。ようやく出獄して本郷区湯島新花町に居を構えていた秀雄のもとに身を寄せたのもそのためであった。しかし、家が手ぜまだったので、仕事部屋だけは近所の旧友の家の離れを借りて使用した。

藤村が奇妙なことをはじめたのはそのころであった。ヴァイオリンを買ってもてあそび出したのである。かつて仙台の宿でいたずら程度に弾いてみたことのあるのは先に述べておいた。ところが、こんどは本格的に習いだしたのである。

諸君は、藤村に三番目の兄友弥があって、はじめ彼と一緒に上京して勉学に励んだが、やがてわき道に外(そ)れて、何処(いずこ)へとなく姿をくらましてしまったことがあったのを、まだ記憶の中にとどめているだろうか。この三兄友弥は、その後東京で佐佐木信綱の門下となって和歌に親しみ、竹柏会にも顔を出したりしていたが、ちょうどこのころ、ひょっこり兄弟の前に姿を現わして、兄の家でごろごろするようになったのである。その同門の歌人仲間に、音楽学校助教授の橘糸重という女性がいて、この女性との交際が藤村の音楽勉強の始まりであった。彼は、さっそく、上野の音楽学校の選科でピアノから習うことになったのである。

　これは、誰が考えても、突飛な行動に見える。趣味として個人教授を受けるのなら、世間にいくらも例のある話である。当時の世にしても同じである。これから音楽で身をたてようという気持もないのに、わざわざ音楽学校へ入るのだから変わっている。

　ところが、藤村にとって、それは決して伊達や酔興でとった行動ではなかった。つねに深遠な思策をめぐらす彼は、この時も、余人の知らない、深い計画と強い決意を秘めていたのである。

　彼は詩人である。日本の近代詩を第一番に樹立した偉大な詩人である。それは、すでに『若菜集』の一冊で証明された。金銭的報酬こそ少なかったが、読者も評論家もそれを認めている。ことに若い読者は、新しい、リズミカルな抒情性に酔いしれている。しかし、いくらすぐれた詩人でも、たくさんの詩を書いていく間には、題材もつき、単調に流れて変化がなくなり、やがては感動のない抜けがらの羅列になってしまわないとは限らない。しかも彼は、世間で騒ぐほど、自分を甘やかすことが出来ないのである。だから、マンネリズムにおちいるよりもさきに、さらに良い詩を生み出さなければならない。音楽を学び、音楽的要素をとり入れることもその手段の一つだった。そこから、千変万化の底深い韻律も生まれて来ようというものだ。

彼は、自分をみがき、目的を達成するためには、貪欲と思われるほどのひたむきな心をもっていたのである。

また、彼は、音楽学校に通うかたわら、上野の図書館（現在は国会図書館に編入された）でも、外国の新しい書物をかたっぱしから読みあさった。

さて、これまで彼の作品のおもな発表機関として、その詩をはぐくみ育てて来たのが「文学界」であったが、これは、明治三十一年一月をもって終刊となった。透谷の時代に始まってまる五年の間、日本における浪漫主義の茅生えをつくり、それを育てて来たささやかな同人雑誌であったが、これは、永遠に忘れることのできない、記念すべき時代の産物でもあった。そこから、藤村をはじめとして、平田禿木・戸川秋骨・馬場孤蝶・上田敏らが巣立ち、同人ではなかったが、柳田国男・樋口一葉なども多くの作品を寄せていたのであった。しかし、「文学界」が廃刊になっても、藤村の詩作活動に影響はなかった。明治三十一年六月には、第二詩集『一葉舟』が編まれ、同じく十二月には第三詩集『夏草』が編まれた。いずれも、矢継ぎばやに春陽堂から出版された。

この間、彼は、中学生であった吉村樹（忠道の長男）を伴って、木曽福島に義兄高瀬薫を訪ね、幼年時代を過した大自然の懐に休らいながら、『夏草』に収めるべき十四編の詩をいっきに書きあげた。ほとんど自然と人生をうたいあげた長編ばかりであった。これは、はじめの二集に比べて、恋愛感情を対象にしたものが少なくなっており、ここにも、苦心と努力のあとがうかがえる。また、詩を物語風に仕組んでストーリイをもたせるのは、以前からの特徴であったが、これには一層のみがきがかかっている。音楽学校の方は、木曽から戻って間もなくやめてしまったが、その効果は決してむだにはならなかった。

このころ、藤村は、すでに知己になっていた田山花袋と深く交わるようになっていた。花袋が、木曽福島まで藤村を訪ねて行って親しく文学を語りあったのは、有名な話である。

小諸の生活

藤村が、奈良中学からの勧誘を拒絶して、かつて恩師であった木村熊二が経営する、信州北(きた)佐久(さく)郡小諸(こもろ)町の小諸中学校に赴任したのは、明治三十二年（一八九九）四月、二十七歳の時であった。

木村熊二は、明治女学校の持ち主でもあったが、明治二十五年のころから信州野沢町に隠棲(いんせい)しているうち、翌年、小諸町に中等教育を目的とする小諸義塾を創設したのであった。初めは、町から補助を与えられた私塾のようなものであったが、三十二年には正式に県知事の認可を受けた中学校となった。藤村が赴任したのは、ちょうどその時である。彼は、そこで国語と作文と英語を担当した。

小諸町というのは、浅間山麓の高原地帯の信越線沿いに位置する小さな町で、東北側の山並(なみ)には、藤村によって「暮れ行けば浅間も見えず」とうたわれた浅間山をのぞみ、西南側の傾斜には、「千曲川(ちくまがわ)柳霞(かす)みて春浅く水流れたり」とうたわれた千曲川の澄んだ流れがあった。詩人の情緒を養うにはこの上ない所であったともいえよう。

小諸に赴任した藤村は、ひとまず木村熊二の家に身を寄せたが、間もなく、馬場裏の古い士族屋敷のあとの、二軒つづいた草葺屋根の平家の片方に移った。結婚の準備のためであった。

間もなく東京に戻った彼は、巌本善治の媒妁で、秦冬子と、ごく平凡な式をあげた。藤村は二十七歳、冬子は二十一歳であった。冬子は、明治二十九年の明治女学校の卒業生で、北海道函館市に手広く網問屋を営む秦敬治の次女で、鳩のようなひとと噂された純真なお嬢さんであった。

しかし、二人の生活は、決して甘い華やかなものではなかった。藤村は、ここでも謙虚に学ぼうとつとめたのである。それは、単に精神を練り知識を貯えるばかりではなく、身体を丈夫にするという意味も含まれていた。彼は、庭続きの畑地を借りて、授業のない時は、せっせと

新婚当時の藤村夫妻（明治33年夏，撮影。函館より秦氏を迎え，信州小諸馬篭の住宅にて）
（後左より）書生，義父，藤村
（前左より）妻冬子，妻の妹滝子

自ら汗を流して労働にいそしみ、夜や雨天には読書に耽って、簡素な生活をいとなんだ。妻にも下町の女房風の身仕度をさせて、田園の不自由な生活になれさせようとした。二人手を携えて、質素な生活に耐え、貧しくとも夢と情緒のある生活をつくりあげようというのが彼の理想だったのである。

しかし、お嬢さん育ちの冬子にとって、異郷でのそうした生活は、単調であり、苛酷であった。そのため、近所の子女を集めて習字を教えて気をまぎらわせたりしていたのだが、新進詩人としての夫に期待するところのあった彼女の胸にも、いつか冷たい風が吹きすぎるようになった。彼女にも、ゆくゆくは自分も世間に文名を問おうという野望くらいはあったであろう。しかし、それは藤村の望むところではなかった。瑣細なことではあるが、お互いがお互いに不満ともつかぬ不満を感じるようになったのである。

さらに藤村にショックを与えたのは、かつて冬子に心を寄せた男のあったことであった。それは、函館の実家の使用人の中の一人で、彼は、冬子が、妹の滝子にその男との結婚をすすめている手紙を見てしまったのである。冬子にしてみれば、かつての愛情も、少女らしい淡い恋心にすぎなかったのだろうが、彼の受けたショックは小さくなかった。それ以後、二人の間には、感じようとして感じられず、だからといって無視しようにも無視できない、冷たいすき間が生じてしまった。そして、このすき間は、ついに取り除くことができなかった。

藤村にしてみれば、八歳で初恋を味わって以来、これまでに幾度となく恋愛経験をつみ、そのために漂泊の旅にのぼったことまでもあるのだから、妻の少女時代のささやかな恋愛感情くらいは許せないはずなどないのだが、自分の母親から受けた不信観がそのまま類推となって冬子につながってしまったのであろう。また、思慮深い藤村にしては軽率な嫉妬心も多分に働いていたはずである。翌明治三十三年五月には、長女みどりが出生したのだから、二人の間の感情も、破壊を伴うほどの危険なものではなかったろうが、どこかに、ひっそりと横たわって、お互いを刺激していたのは確かである。

そんな物寂しい山間の町の生活に、藤村は、ヴァイオリンを弾いて心をなぐさめることもあったが、三十二年の秋には、明治学院時代の後輩であった洋画家、三宅克巳が絵の先生として赴任して来た。その仲介で十キロばかり離れた禰津村に住んでいた洋画家丸山晩霞を知ることもできた。彼らは、フランス系の印象派の画家で、後の藤村に大きな影響をおよぼすことになる。一応記憶しておいていただこう。

そうする間にも、藤村は、故郷木曽やかつての仙台を思い出させるような自然の中で、再びはげしい詩情をよび戻した。「新小説」をはじめとして、「文庫」や「明星」などに、新しい詩が次々と発表された。これらは、二年後の明治三十四年八月、第四詩集『落梅集』の一冊にまとめられて、藤村の詩人生活の最後を飾り、その名声を一層華々しいものとした。

小諸なる古城のほとり
雲白く遊子悲しむ（以下略）

とか、また、

昨日(きのう)またかくてありけり
今日もまたかくてありなむ(以下略)

などという書出しにはじまる詩は、諸君も一度は耳にしたり、目に触れたりしたことがあるだろう。さらには、

名も知らぬ遠き島より
流れ寄る椰子(やし)の実一つ(以下略)

とか、また、

朝はふたゝびこゝにあり
朝はわれらと共にあり(以下略)

などという詩は、作曲もされて今なお広く人々に愛誦されている。

内容では、『若菜集』の時のように、恋愛を主題にしたものがめだち、旅情や寂寥を主題にしたものが多い。また、七五調のめだつのも『若菜集』と同様であるが、逆に五七調も多い。尚、散文詩の入っているのも『一葉舟』以来の特徴の一つである。進歩が止っていると解釈した人があり、情熱が低調だと批判した人があるが、必ずしもそれを否定することはできないにしても、それ以上に、単なるリズム感にとらわれない、内容の豊かな、華やかさよりも荘重に傾いた、一種の深い趣きがある。かみころしたような重々しい気分が、自然の中にひっそりと託されている場合のあるのにも、それは明らかである。いちはやくその点を指摘したのが与謝野鉄幹で、彼は、決して『若菜集』に劣ってはいない、壮年の詩に成長したのだ、といっている。まさしく『落梅集』は、最後の完成した詩集であるといえよう。

こうして、小諸の生活は、いろいろと、不自由や不満もあったが、同時に再び藤村の人生にとって有意義なものとなったのである。

自然主義文学の成立

――新文学の静かなる急先鋒――

詩歌では物足りない

藤村は、『落梅集』に収めた散文『雲』を、三十三年八月の「天地人」に発表してから、明治三十五年十一月の「新小説」に『旧主人』を発表するまでの足かけ三年間を、自ら「沈黙三年」と称した。その間、ただ一編の詩をも発表しなかったのである。実に長い沈黙であったといわなければならない。しかし、彼は、ただぐずぐずと時をつぶして無為をむさぼっていたのではない。そこには、藤村らしい計算による慎重な設計があったのである。

詩歌は、ほとんどの場合、明らかに青春のいとなみである。青春をすぎ、重厚な人生経験を積んで行けば、まれにみる永遠の青年を除いて、たいていが、情熱の世界から遠ざかって行くのは当然といわなければならない。詩歌は、若々しい情熱のいとなみである点、俳句や和歌と同種の文学ではないのである。藤村も、実にこの時期をむかえていたのであった。

まず、四つの詩集を思い出してみよう。はじめ、『若菜集』と『一葉舟』とは、七五調の格調高いリズムにのせてうたいあげた、情熱的な青春の抒情を主としていた。内容も、女性、青春、恋愛を主題にしたものが多かった。それが、『夏草』に至ると、単に情熱でリズムと情緒を追うのではなく、長編の詩にストーリイをもたせて、一種の叙事詩風に仕立てたりした。そして『落梅集』では、その両者にさらにみがきをかけたのであった。散文詩のまじっていたのも大きな特徴であった。再び自然に接したこと、結婚したことなどの理由もあって、『若菜集』に逆戻りしたような点もあったが、それさえ、『若菜集』の青春と『落梅集』の青春では、大きな相違が見られる。この点は、「作品編」の「藤村詩集」の項を読んでいただけば、一層はっきりするはずである。

さて、『落梅集』において自己の詩を完成した藤村は、同時に、その中で、これからの進むべき道を判然と予期していたのであった。小説的構想を深め、散文的な趣を強めた詩の数編が、如実にそれを物語っている。

やがて彼の進むべき道は、小説を書くこと以外にはなかった。青春が永遠のものでない限り、そしてまた、明治初期まではほんの遊戯ほどにしか解釈されなかった小説が、文化の向上、民衆教育の向上と共に立派な芸術として成立し、一層深い内容のあるものの求められる社会風潮のなくならない限り、いや、万が一それがなくなったとしても、藤村の内面がそうした向上を求めている限り、彼の進むべき道は何人(なんびと)も閉(とざ)すことのできない道であった。

『落梅集』を出版する時、彼の決意はすでにかたまっていたのである。小説が自分の思想を表現するのに最もふさわしい手段なのだ、という自覚は鉄のように硬く、詩歌に執着する未練は微塵(みじん)もなかった。長い間書き続けて来た詩作経験の中で、さまざまな工夫をこらし、リズムを変え、ストーリイをとり入れたり、感情をおしころしたりしてみても、詩の形式ではどうしても表現することのできないものがあることを悟ったからであった。だから、二年に余る長い沈黙の期間も、ただ手をこまねいて遊んでいたのではなく、実にじっくりと腰を据えて小説転向の機会をうかがい、その準備にいそしんでいたのである。このような思慮の深さ、こせこせしない人間性は、最初の章で触れておいた通り、彼が幼年時代からひとりでに身につけていたものであった。

藤村は、小諸におもむいた時、『近代画家論』というラスキンの著書を携えていた。これが、小説転向への大きな手がかりとなった。彼は、これを手引きにして、約一年の間に、小諸の雲の精密な観察を記録した。ちょうど、『落梅集』におさめるための諸編を書いたのと同じ時期である。その中には、『雲』と題した散文もまじっていた。

彼の小説転向の第一歩は、こうして、自然を観察することから始まったのである。つまり、よく見ることによって、適切な表現をとらえる訓練なのであった。『千曲川のスケッチ』は、明治四十四年から大正元年までの間、「中学世界」に発表されたものであるが、着手しだしたのは、小諸に来た翌年の夏のころからであった。いうまでもなく、散文勉強の第二歩めである。彼の、自然を自然のままに眺めて、その中にまたあるがままの人生をとらえようとする態度は、こうした訓練の中から生まれて行ったのである。後年、自然主義の大家として文壇に金字塔をたてた要因は、すでに、こんな努力の中から芽生えていたわけである。

さて、雲の観察にとりかかった藤村は、また新たに、写生帳を作って日記ふうにつけて行く習慣も身につけた。これも、『近代画家論』からの示唆(しさ)であったが、同時に、後輩三宅克巳の影響でもあった。三宅克巳が、この絵日記の習慣をもっていたのを見習ったわけである。つまり、彼の散文勉強は、印象派の洋画家からも影響されていたことになる。正岡子規が、同じような洋画家から写生文を学んだのと酷似(こくじ)しているのはおもしろい。しかし、子規のが俳文であったのに対して、藤村のは散文であり、そこに両者の立場の特徴があらわれている。

こうして、自然と人間の生活に重点をおいて観察と表現の勉強を重ねたが、その主たるものは農村と農民であり、自ら汗を流すことによって、彼の実感は一層切実なものとなっていった。こうした思慮と努力によって、『千曲川のスケッチ』が生まれ、偉大な作家藤村が生まれたのである。今や大詩人であった彼が、名誉すらかなぐり捨てて、無名の一書生から出なおそうとした決意は、見事にむくいられたわけであり、二年余(あま)りの鳴かず飛ばずも、それにはそれだけの価値があったわけである。

その二年間、きりつめた生活と苦しい文学的試練の中で、彼はもう一つ、在京の文学者と連絡をとることを忘れなかった。絶えず、新しい文学的刺激を受けることによって、田舎に引込んだ自分が無感覚におちいり、堕落して行くことを防ごうとしたのである。中でも、東北学院に赴任する直前に知りあって、年とともに親密の度を加えた田山花袋は、幾度となくわざわざ小諸を訪れるのであった。二人は、読書の感想を語ったり、文学の抱負を語ったりした。花袋は、小学校の教育すらまともには受けなかったほど不幸な青年であったが、自己流の英語でかたっぱしから、西欧の文学を読みあさり、一人かってに感心して、それを一人じめにするのがおしくて友人にもおしつけたりしていたが、このころからすでに、西欧全般に波及していたナチュラリズム（自然主義）を自分のものにしようと努力していたのであった。これも、少なからず藤村の胸にしみこんでいた。彼も、やはり同じものを求めていたのである。

また、彼が始終文通をおこたらなかった人々には、花袋の他に、旧友平田禿木をはじめとして、詩人蒲原(かんばら)有明(ありあけ)、詩人で劇作家の高安月郊(たかやすげっこう)、劇作家小山内薫(おさないかおる)などがあり、しばしば小諸までも足を運んで来る連中には、花袋の他に、徳富芦花(とくとみろか)（すでに「不如帰(ほととぎす)」で有名になっていた）や柳田国男、さらには画家の有島生馬(ありしまいくま)（有島武郎(ありしまたけお)の弟で里見弴(さとみとん)の兄）などもあった。藤村も、時には自らも東京へ出て刺激を吸収してくることがあった。

小説への足どり

さて、ここでちょっと、当時の小説界はどんな状態であったかという点を眺めておく必要がありそうである。

明治二十年代に入るや、尾崎紅葉を中心とする硯友社が文壇に大勢力をはかり、それに、幸田露伴などの同年輩か、あるいはそれ以上の先輩が健筆をふるっているような有様であったことはすでに述べておいた。そうした時期に「文学界」同人が詩歌を中心として活躍しはじめたこともすでに述べた。この「文学界」が二十年代末からの、藤村の詩に代表される詩歌全盛時代のきっかけを作ったのは、承知の通りである。この機運は三十年代中期まで続き、浪漫主義の名で知られている。その中でも、先に説明しておいた「文学界」

の時代を前期浪漫主義、明治三十三年四月に創刊された「明星」（与謝野鉄幹の主宰）の時代を中期浪漫主義と名づける人もあるが、いずれにしても内容に相違はない。ついでながら、これを前期とか中期とか名づけるのは、明治四十二年一月創刊の「スバル」の時代を後期浪漫主義と呼ぶためである。

　この時代がいかに詩歌の全盛を誇っていたかというと、次にあげる詩人の名を見てもわかるはずである。いずれも今日なお青少年に愛誦されている詩人たちである。

　まず、藤晩二家と、藤村に並び称された土井晩翠があげられる。『天地有情』と『暁鐘』の二集が特に名高く、『荒城の月』や『星落秋風五丈原』は諸君も耳に親しい詩であろう。藤村が詩歌を離れるころ、入れ替わりに抬頭しはじめたのが、『明星』の与謝野鉄幹と晶子夫妻であった。この二人はおもに短歌で知られたが、この一派からも多くの詩人が出た。中でも、三十年代前期に活躍したのが薄田泣菫と蒲原有明であった。泣菫は『二十五絃』『白羊宮』『白玉姫』などの詩集があり、『望郷の歌』や『あゝ大和にしあらましかば』などの詩で有名であり、有明は『独絃哀歌』『有明集』などの詩集があり、『茉莉花』や『牡蠣の殻』などの詩で有名である。彼らの後からも、北原白秋、石川啄木、木下杢太郎、高村光太郎などが相ついで進出してきた。

　反面、小説界では、泉鏡花や国木田独歩以外の作家は低調であった。二十年代に大勢力を誇った硯友社は、相変わらず気の強いところをみせていたが、三十年代に入るころから、いくらかの沈滞をみせるようになった。それは、歴然としたものではなかったが、彼らの中にも、まじめな文学を書こうとする雰囲気が生じて、そのために苦心する人々が出て来たのは明らかであった。川上眉山（びざん）は、やがて観念小説へと入って行き、広津柳浪は、やがて深刻小説に入って行った。頑固な頭目（とうもく）紅葉ですら、進展を期して努力を重ねていたのである。

しかし、彼らは、三十年代に入って紅葉が病床につくころから意気消沈して、三十六年に紅葉が死ぬと、次第にとり残された存在となって行った。それと入れ替わりに頭角をあらわしたのが、紅葉門下の四天王といわれた、泉鏡花・小栗風葉・徳田秋声・柳川春葉（やながわしゅんよう）らであった。中でも目ざましかったのが泉鏡花で、その独自の神秘的浪漫主義は今日でも類を見ないものである。それと並行して浪漫主義的な小説を発表し出したのが、ワーズワースに多く影響された国木田独歩であった。

その他、この時期には、菊池幽芳（きくちゆうほう）・徳富芦花などの家庭小説や、村上浪六（むらかみなみろく）・塚原渋柿園（つかはらじゅうしえん）らの歴史小説、また、内田魯庵（うちだろあん）らの社会小説なども世に出始めていた。

つまり、藤村が詩から小説への転向をはかった時代の小説界は、半近代的な文学から真実の近代文学へ移行しようという、まさに混沌とした時代だったのである。そして、ちょうどこのころに、文壇に活を入れたのが小杉天外（てんがい）であった。三十三年に発表した『はつ姿』と三十五年に発表した『はやり唄』は、まさしく新文学の第一声であった。彼は、その序文で、写実主義風の小説論を述べ、西欧自然主義の第一人者であるエミール・ゾラの影響をのぞかせたのである。これは、期せずして、花袋や藤村の意見と一致していた。そればかりでなく、徳田秋声をはじめとする多くの新進作家をも刺激した。この前後から、若い力によって写実主義が叫ばれ、自然主義の用語が生まれ、文壇はにわかに騒々しくなって、新しい時代へと傾いていったのである。

藤村は、小諸にいながらも、中央文壇のそうした動きに注意深く心を配るかたわら、あせらず、あわてず、こつこつと地道に修業を重ねていた。そして、やがて発表されたのが、『旧主人』と『藁草履』の二作であった。何方も明治三十五年十一月、前者は「新小説」に、後者は「明星」に発表された。ちょうど、天外の二回目の問題作『はやり唄』が世に出たのと同じ年である。

二作とも、外国文学に啓発された所が多く、その点、むさぼり読んだものを大いに生かし得たのであるといえよう。『旧主人』はフロベールの『ボヴァリー夫人』とイプセンの『人形の家』によるところが多く、『藁草履』はトルストイの『アンナ・カレニイナ』やゾラの『ナナ』をとり入れている。二作ともだいたいは好評であったが、『旧主人』は惜しくも発売禁止の処分を受けてしまった。女性の不倫を描いたのがいけないというのと、主人を云々するのがけしからんという理由であるが、今日から考えれば、たわいない内容である。

しかし、そのショックは大きかったのだろうが、彼の創作活動はひるむことなく続けられた。『爺』（明治三十六・一・小天地）『老嬢』（同・六・太陽）『水彩画家』（明治三七・一・新小説）『津軽海峡』（同・一二・新小説）など、徐々に発表を重ねて行くうちに、少しずつ自信もつき、筆致にも落着きができてくるころ、やがて専門の作家として立つ決意をかため、まる六年をすごした小諸に別れを告げて上京したのは、明治三十八年のことであった。

その間、彼の身辺のおもな出来事といえば、明治三十五年には次女孝子が出生し、十月には、亡友北村透谷のために星野天知と共に『透谷全集』を編集して文武堂から出版したことや、明治三十七年五月には三女縫子も出生したことなどだが、それにもまして、この年の大事件といえば、名作『破戒』の製作に着手したことであろう。同時に彼は、自費出版を思いたって、資金獲得のために、函館の舅を訪問したのであった。日露戦争が火蓋を切ったのも、田山花袋が『露骨なる描写』と題する論文を発表して大いに気炎を吐いたのも同じころであった。

そのころは、藤村も、新進作家の仲間入りをして、次第に作家としても知られるようになっていたし、文壇の新機運も見逃したくなかったのだが、勤める学校の都合などがあって、上京はのびのびになっていたのであった。

自然主義成立

藤村が、まだ仕上げのすんでいない『破戒』の草稿をかかえ、一家をあげて東京へ舞い戻ったのは、明治三十八年（一九〇五）の四月、前年から中国大陸に激戦をくりひろげていた日露戦争もようやく終末に近づこうとするころであった。

東京で、彼は、西大久保に居を構えた。藤村は三十三歳、冬子は二十七歳で、その間に三人の女児があったが、上京して間もない五月には、三女縫子がハシカから急性脳膜炎をわずらって夭逝した。それから間もなく、長男楠雄が出生したのは十月のことである。

そうした悲喜こもごもの新生活の中で、藤村の『破戒』を仕上げようという情熱はますます高まって行った。東京に出たことで、周囲からの刺激も強くなっていた。六年間の空白に、彼はいくたびか上京していたが、住んでみなければわからない実感もひしひしとせまって来た。文壇の模様もすっかり変わっていた。かつて一世を風靡した硯友社は、指導者尾崎紅葉の病死以来一層意気消沈して、新機運と自分たちの身についた旧癖の板挟みに苦しんでいたが、反対に、藻社と称する紅葉門下の活動が目立っていた。彼らは、師紅葉のあとは求めなかった。神秘的な浪漫性に独自の道を開いた鏡花以外は、あちこちで叫ばれる自然主義の声に和そうと努力した。小栗風葉がその筆頭であったが、秋声は、逆に、地味ながら物にこだわらない自己の性格と筆つきを生かして、最も自然主義らしい作品を書いていた。

田山花袋や国木田独歩の活動もめざましかった。中でも、花袋は、自然主義の指導者たらんことを自覚して、創作に、論文にと大奮闘をくりひろげていた。イギリスから帰朝した島村抱月が、「早稲田文学」と、片上伸ら早稲田の一門を引き連れて参加し、大論陣を敷いたのもその直後であった。

彼らの目標とするところは、単なる遊戯ではない、興味本位ではない、人生を真剣に考え、味わおうとするまじめな文学を築くことにあった。彼らは、フロベール、モーパッサン、ゾラ、トルストイなど、西欧のナチュラリズムの文学から多くの刺激を受けていた。そして、この機運がはからずも藤村の見解と一致していたことは先にも述べた通りである。

しかし、藤村は、親友田山花袋のように、大声を張り上げてわめきちらしたりはしなかった。もっともそれは、彼の性格として出来ないところであったろう。それは秋声の態度と似たところがある。けれども、彼は、実践において、いちはやく自然主義の大作を創作しようと、一生懸命に努力していたのである。

家では一心に筆をとり、疲れると、憩いと刺激を求めて友人を訪問した。毎月第一土曜日に開かれていた文学会に参加し、柳田国男を訪れ、戸川秋骨などの旧友とも語りあい、やがて国木田独歩とも知りあった。中でも花袋との交際が依然として激しかった。そうするうちにも、『破戒』は徐々に仕上がって行った。

しかし、そのために払われた犠牲も決して少なくはなかった。定職を持たない彼は、自ら日常の生活をきりつめなければならなかったのである。そのため、妊娠中の冬子が、栄養失調で夜盲症にかかったことすらあった。翌明治三十九年には、四月次女孝子が急性腸カタルで、六月には長女みどりが縫子と同じ経過で相次いで死んでしまった。これは、『破戒』完成後のことであり、その病気からして致しかたない死ではあったのだが、父親としてみれば、その不可抗力をすら『破戒』の犠牲と嘆かねばならぬ程の打撃となったのであった。それだけ、彼の倹約もきびしかったわけである。

しかし、それだけにまた、彼の計画は大きかった。周囲の人々は、今か今かと噂に噂を重ねて完成の日を待っていたのである。こうして、名作『破戒』が完成したのは、明治三十八年十一月の下旬であり、これが、『緑蔭叢書』第一編として自費出版されたのは、翌明治三十九年三月二十五日であった。彼は、出版にあたって、自ら広告文を書いたりもした。

それは、自ら犠牲を払っただけの価値を十分に持っていた。案のじょう、『破戒』が世に出るや、文壇は大騒ぎとなった。一人の部落民出身の青年丑松に自己を託して、社会的偏見に立ちむかう物語りの内容も目新しかったが、それにもまして、現実描写に根ざした手法の合理性と確実さが注目をあびたのである。詳しいことは作品編に述べるので、ここではそれは割愛し、いかなる大反響が起こったかということだけを述べておこう。

『破戒』が出るや、文学仲間が、ある者は感心し、ある者は称賛し、ある者は嘆息したばかりでなく、評論家という評論家は、こぞって作者への賛美を惜しまなかった。大方の評論家は、これを文学史的な大事件としてとりあげ、小説界が新しい転換期をむかえたのだと称えたのである。新聞や雑誌は、しばらくはこの記事で賑わった。友人小山内薫がさっそく脚色して舞台にものせた。

ここに、自然主義は、闘将田山花袋でもなく、天才徳田秋声でもなく、実に努力家島崎藤村によって最初の実現を見たのである。これが、彼の胸に一層の自信をうえつけたのは言うまでもない。彼の作家としての地位は、よほどの失敗でもない限り、確約されたようなものであった。

しかし、その美酒にながく酔ういとまもなく、可愛い二人の女児が相次いで死んだのは、その直後であった。人生に悲愁はつきものながら、藤村も不幸な男であった。

浅草新片町

悲喜こもごものやるせない藤村が、西大久保の家を引き払って、新たな出発を期して、少年時代に住んだことのあった大川端の近くの浅草新片町に移ったのは、明治三十九年十月の初旬、三十四歳の時であった。わずか一年の間に三児を失った悲しみの地には、もういたたまれなかったのであろう。

新片町の藤村は、すぐ、最初の短編集『緑葉集』の編集校正にかかった。これは、翌明治四十年一月に出版されたが、その時、彼の胸中には、早くも第二の大作の構想がみのっていた。つまり、「文学界」の仲間を書くことであった。彼は、当時の材料を集めたり、再びかつての地を訪れたりして準備に余念がなかった。これが『春』になるのである。

その間、藤村は、『春』を準備するかたわら、明治四十年六月に、『黄昏（たそがれ）』（文章世界）と『並木』（文芸倶楽部）の二作を発表した。ところが、『並木』は「文学界」時代の親友馬場孤蝶と戸川秋骨を主人公とし、上田敏や平田禿木、さらには藤村自身も登場するモデル小説であったが、それを公言したところから、思わぬモデル問題を引き起こしてしまった。孤蝶・秋骨がそれぞれ抗議したばかりでなく、文壇にも、モデルの是非論がまき起こったのである。

これは、ただ単に藤村個人の問題ではなかった。自然主義全体、しいては小説界全体の問題として取り上げられたのであった。つまり、人生を忠実に観察解釈し、それをあるがままに再生描出しようとする方向に傾いていた自然主義では、現実に重点を置くあまり、多かれ少なかれモデルの問題をはらんでいたのであった。もちろん、自然主義だけがモデルを用いたのではなく、かつての尾崎紅葉の『金色夜叉（こんじきやしゃ）』や徳富芦花の『不如帰（ほととぎす）』も立派なモデルがあったし、三十八年に『吾輩は猫である』でデビューして人気を集めていた夏（なつ）

目漱石も、実に多くのモデルを使った作家である。さらに後年では、有島武郎の『或る女』、久米正雄の『破船』、森田草平の『煤煙』など多くのモデル小説が残っている。つきつめていえば、全くモデルのない小説などはきわめてまれであろう。

しかし、自然主義でいうモデルは、他の作家の用いるモデルのニュアンスとは異ったものをもっていた。つまり、モデルはあくまでモデルであるべき所を、自然主義の扱い方は、脚色も美化もない、生地をむき出しにしたきわどいものであったのである。少なくとも、自然主義では、どの作家でもそうした一面をもっていた。現実重視の考え方のなさしむる所であったのだが、その芸術的信念も、モデルにされた人にとっては、多分に迷惑となることがあったから、大問題を起こしたわけなのである。

つまり、どういうことかというと、あまり判然と書いてしまうと、単なるモデルでなくなって、その人物の姿がはっきり浮かび出してしまうのであるが、しかも、それがその人物と全く同じものであればまだしも、たいていは、いくら苦心をしてもモデルと作品の間に作者の解釈が介入する以上、まちがった不都合な姿となってしまうことも多々あるはずであるから、個人的にも社会的にも迷惑のかかることを考慮しなければならないのである。特に、藤村の場合は、他の自然主義者よりも数多いモデルを使用していた。しかも、忠実に現実をとらえようとするあまり、きわどい扱いにおちいる場合も多かったのである。そうでなくても、利口といわれて喜ぶ人はあっても、馬鹿といわれて喜ぶ人はないはずである。それがたとえ真実であっても。

そういうわけで、この問題は、道徳と文学、人生と文学といったような、相対関係の根本的な次元までにも波及して行った。これは、藤村にとって、確かに大きなショックであったが、そこであっさり挫折してしまう程弱々しい彼ではなかった。深く反省しながらも、彼の信条は微動だにしなかった。自分の伎倆がつたなくて、離れて物を見、自然にあるがままの姿を捕えるべき所を、自己の解釈を出してしまったりして迷惑もかけたが、自分としては行ける所まで行きつくより方法がないので、これからは勉強を重ね、迷惑のかからない物を書けるようにしたい、とだいたいこういった旨の弁解をくりかえしただけであった。強い性格はついに自己の信条をまげなかった。ちょうど二男が生まれ、鶏二と名づけたころであった。

さて、この当時、明治三十八年一月から、『吾輩は猫である』を「ホトトギス」に連載して以来好評を続けていた夏目漱石が、一切の教職をやめて朝日新聞社に入り、文筆一本で生計をたてることになった。『虞美人草』を書く少し前のことである。これによって朝日新聞社では、かねてより社員であった二葉亭四迷とあわせて二人の有名作家を得たわけであったが、さらに、新進作家島崎藤村も加えようと計画した。

そのころの新聞社では、有名作家を社員として、年間契約でかかえることがはやり出していた。作家は社員であるが出社の必要はなく、契約量だけの原稿を寄せればあとはどこに何を書いてもよく、作家にとっては生活が保証され、新聞社にとっては苦労せずに流行作家の原稿が保証される、お互いに好都合な仕組みであった。

藤村は、素直に朝日の勧誘を受けいれ、明治四十一年一月一日から原稿を寄せることになったが、それは、仕事の都合などで四月七日まで延期されて、以来、八月十九日まで百三十五回にわたって連載された。これが、藤村最初の新聞小説『春』であった。

『春』という題は、イタリアの画家ボッティチェルリの絵画に暗示を得たといわれ、理想の春、芸術の春、人生の春を描こうとするもので、「文学界」の同人をモデルにしていた。藤村が関西漂泊の旅から東上して、元箱根で友人の出迎えを受けた明治二十六年の夏からはじまり、東北学院へ教師として赴任する明治二十九年九月までのほぼ三年間の事件を描いたものである。彼は、新佃島（つくだじま）の海水館という下宿屋に部屋を借りて、近来度をすごしがちなたばこをやけにふかしながら、その完成を急いだ。

『春』を完成した藤村は、上州磯部温泉で鋭気を養い、帰ると同時に、『春』を、『緑蔭叢書』第二編として自費出版した。十月のことである。こうして彼は、もうおしもおされもせぬ第一線の作家となったが、十二月十七日には三男蓊助（おうすけ）も生まれて、一時に三女を失ってすっかり寂しくなってしまった一家も、再びにぎやかになって来たのであった。

パリの前後
――死中に拾った生の味わい――

妻の死

『春』を自費出版してから、次の大作が出るまでの約一年間に、藤村は十六の短編小説を書いているが、これらは、次作のために集めた資料の一部を発表したようなものであった。

そうする間にも、彼の胸には次作の構想が熟していった。それは、自分自身の家にまつわる実話によって、家と人間の問題をほりさげてみようという計画であった。やがて、構想の最終決定を期して実地踏査のために、東京を発った彼が、木曽福島を経て馬籠を訪れたのは、明治四十二年十月の中旬すぎであった。それは、明治四十三年一月一日から五月四日まで、百十二回にわたって「読売新聞」に連載された。これが、『家』の上巻にあたる部分であり、『家』と題されていた。

下巻の部分もすでに胸中にあって、一休息したらすぐにも執筆するまでの構想は出来ていたのであるが、ここに、思いがけない不幸な事件が起こった。身重になっていた妻の冬子が、八月六日に四女柳子を生んで間もなく、産後の出血多量のためにかえらぬ人となったのである。ついに幸福な夫婦生活を味わえぬまま、寂しく世を去っていった彼女は、三十三歳の若さであった。

妻をなくした悲しみもさりながら、それさえしみじみとかみしめるいとまもなく、幼な子を四人もかかえた父藤村の苦労は、はかり知れないものがあった。途方にくれた彼は、長男楠雄と次男鶏二だけを手元に残し、男手一つでは育てられない、まだ二歳に満たない三男蓊助と、生まれたばかりの柳子は親戚に里子に出して、ようやく一時の急場をしのぐことができたのであった。しかも十一月に入るや鶏二が腸チフスにかかって大さわぎをしたりして、『家』の後編はむなしくのびのびになってしまった。『家』の後編『犠牲』が発表されたのは、翌明治四十四年、一月と四月の「中央公論」であった。しかも、三月にはまたしても三兄友弥が死に、彼の身辺はまことにあわただしい不幸続きであった。

『家』と『犠牲』はまとめて『家』と題され、この年の十一月に、『緑蔭叢書』第三編として自費出版された。不幸にもめげず、彼の創作活動は活発であり、明治四十五年に入ると、三月から八月まで、『千曲川のスケッチ』が「中学世界」に発表され、『食後』や『新片町より』などの随筆も次々と発表されていた。

藤村は、妻の死以来、婆やを雇って、二人の子供と孤独な生活を続ける決意であった。四十三年夏から、次兄広助の長女久子が手伝いに来たのも、翌年の春から、その妹こま子が手伝いに来たのも、そのためであった。数多く持ちこまれる再婚話も一切拒絶して、二人の子供と二人の姪に囲まれ、女あそびすら見向きもしない寂しい生活が続いていた。

しかし、意識して清廉な生活を続けようとしながらも、男ざかりの激しい血が容易にしずめられるものでなかったのは、至極道理であった。無意識の中で、逆巻く熱い血が煮えたぎっていた。抑圧されたそれは、ついにおのずから外へ向かって流れだした。それは、作品の上にも大きな影響を与えた。妻の死後、色めいた作品のめだつようになったのもそのためであった。

明治四十五年四月に出版された短編集『食後』に収められたものの中の数編が、まさしくそれを物語っている。一口に言ってのければ、風変わりな愛欲の世界が描かれているということである。そのため、この集には、一般に言う最も小説らしい作られた小説の数々が収められているともいえるわけである。

たとえば、子供は嫌いだと公言しながら、人形を大事にする料理屋の内儀を描いた『人形』、一人の男をめぐってくりひろげる母と娘の反目を描いた『汽船の客』、若い後妻を離縁してみたものの、妻の残した刺繡に頬ずりしながら思い出に耽る初老の男を描いた『刺繡』などがそれであり、二三の作品を除けば、『食後』はほとんどこうした傾向の作品となっている。

こんな孤独感をたたえた風変りな愛欲の世界は、とりもなおさず、作者の無意識な気分を如実に反映していたのであった。妻を失った時、藤村はまだ三十九歳にすぎなかった。今や、働きざかりの壮年にさしかかろうとするころである。自らすべての欲望を捨てて清廉潔白の孤独にひたろうとしても、不自然なくそうすることは不可能に近いのであった。しかも、先祖ゆずりの黒い血を受けついでいるのだと、青年時代から強く信じきっているほどの藤村である。

そうした時、そのはけ口はまず無意識に文学上にあらわれて、一種の芸術的浄化によって救われようとしたのである。が、それも長い間は続かなかった。無理におししずめられたものは、かえって逆効果となって、とんでもない方向にほとばしったのである。

藤村と子どもふたり（新片町の家で）

島崎藤村（41歳）　長男楠雄（8歳）
次男鶏二（6歳）
（右より）

平和のパリへ

次兄広助からあずかっていた二人の姪（めい）のうち、姉の久子は明治四十五年六月の初旬に結婚したので、妹のこま子だけが藤村のもとにとどまって、子供たちの世話をみていた。これが、そもそも不幸のはじまりであった。彼が、とりかえしのつかない落穴（おとしあな）に自ら落ちこんだのは、その後間もないころであった。

それは、自己の内面に深く生きていると信じる、黒い父母の血のあからさまな具現であったのだろうか。しかし、そんなことは口実にすぎない。こともあろうに、分別ざかりの彼が、道義上からも、法規上からも禁じられているいまわしい不義を犯してしまったとは。それは、叔父にとっても姪にとっても、苦痛と悲傷にみちた不幸な間違いであったが、氷の白刃を自ら首すじにおしあてるような不徳な行為は、それにも拘らずいつしか、ずるずると深みに落ちこんで行った。

彼は、それをいくどとなく後悔し、煩悶にあせり、地獄の底の死の苦しみを味わいながらも、一度はまりこんでしまった誘惑に打ち勝つすべを見失ってしまった。むなしいあせりの中で、いまいましい誘惑と、やるせない良心の呵責（かしゃく）や葛藤（かっとう）が徒ら（いたずら）に続いた。小説の中に、苦しい心情を託した数編の短編がみられるのもそのためであろう。『岩石の間』『出発』『沈黙』などがそれである。

かくするうちにも、見えすいた終局は間近に迫っていた。泣くにも泣けない、死刑を宣告されるよりもつらい、悲惨な終局であった。ある夕方、彼女は、罪の子の母となったことを打明けたのであった。はからずも、その年は藤村数え年四十二歳、男の厄（やく）年であった。

いたたまれぬ気持にかりたてられ、思案にあぐねた彼は、にわかに海外逃避を思いたって、身のまわりの整理にかかった。社会からの制裁もさることながら、兄の仕打ちも懸念された。いまわしい自分を、いまわしいままの地にとどめるのも心苦しかった。『眼鏡』や『微風』を出版し、自分の版権も一切売り払った。パリへ渡る決意はすでに強かった。手元にいた二人の子供は、芝区二本榎西町に留守宅をもうけて、次兄広助に託した。こま子はこま子で新しい自分の道をみつけてくれればいいというのが彼の願いで、一切の処置は、その父である広助にまかせ、そのかわり、窮迫していた彼の生活を金銭的に援助する積りであった。代償という積りだったのだろう。彼には、それよりもすぐれた処置をみつけることが出来ないのであった。

まだ一切の事情をふせたまま、藤村は、三月二十五日東京をたって鎌倉の神津猛を訪れた。神津猛は、藤村のパトロンともいえるよき相談相手であった。鎌倉へは、名残りを惜しむ田山花袋も同行して、箱根で最後の別れをかわした。

藤村が、神戸からエルネスト・シモン号に乗りこんで、一路フランスに向かったのは、大正二年（一九一三）四月十三日であった。英語には自信があっても、仏語は全く知らない彼がなぜフランス行きを思いたったかということは、いまだに明らかではないが、有島生馬などのすすめや、芸術の都パリへの憧れによったものと思われる。ゾラやフロベールやモーパッサンは特に親しんで読み耽（ふけ）った作家であったし、フランスの印象派の画家たちからの影響も少なからず受けた彼であった。

日本をたつ時、彼は、生きて再び恥多き故国の土は踏まぬ覚悟であった。次兄広助には、船中からはじめて一切の告白を書いて送った。残された広助が、憤り、あきれ、嘆いたのはいうまでもない。やがて秘密のうちに生まれた罪の子は、全く見知らぬ人にこっそり里子に出されたが、間もなく死亡した。親兄弟だけの秘密であった。

三十八日の船旅（ふなたび）の末、フランス第一の港マルセイユに上陸したのは五月二十日。三日後にリヨンを経てパリに入った。旅装を解いたのは、ポール・ロワイヤル通り八十六番地のマダム・シモネの下宿であった。かつて有島生馬の滞在した宿であり、当時も日本人の宿泊者があったので、異国の不自由不安は多少なりともやすまった。

マダム・シモネの下宿は、セーヌ左岸のパリ南郊ともいうべき所にあり、リュクサンブル公園に近く、サン・ミッシェルの学生街やモンパルナスの芸術家たちの街も遠くなかったが、この地に永住し、見知らぬ人人の間で悖徳（はいとく）の傷心をいやし、やがて子供たちも引き取る積りであった彼の生活は、まことに閉鎖的でつつましやかであった。下宿のなれないまずい食事にも舌つづみをうち、一般の洋行者のように派手なパリ見物をするでもなく、歓楽街に足を運ぶ事などは無論なかった。どんな逆境に身をおいても、それに堪えて行くのは、彼が幼いころから身につけていた一つの特性であった。

藤村が、パリで第一に着手したのは、英語のわかるフランス人についてフランス語を学ぶことであった。新しい言語によって新しい生活を営み、そこから新しい心を養って、人生の革新をはかるつもりであった。また、そこから新しい芸術が生まれてくる可能性もあった。芸術の都パリをえらんでやって来たのも、そんな気持があったためであろう。

やがて、じっとしているとはいっても、パリ在住の日本人芸術家の知りあいもできた。正宗得三郎、河上肇、石原純などである。また日本に住んだことのある、ジュデット・ゴオティエにもめぐりあった。

また、少しずつはパリを散策するようにもなった。オペラ座に『ファウスト』を見たのをはじめとして、いろいろな芸術の見聞もできた。そして彼は、ラテン民族の生活や芸術に関心を寄せながら、そこに集まるすべての芸術に感心したり、外国にいる日本人が、母国失望を平気で口外するのに腹をたてたりした。そこから日本の国民性や伝統に対する認識が改まり、その現状や未来を深く考察するようになった。そんな時の彼は、いたたまれずに祖国を逃亡して来た、単なる日陰者ではなかった。誇りある偉大な文学者であった。

彼は、伝統の上に、何世紀もかかって築きあげられたパリを感じないではいられなかった。いたるところに伝統が息づいていて、新時代の文化と対立していたが、それらも実によく調和を保って、落ち着きの中にしっくりとまとまっていた。

しかし、彼は、ただパリに感心し心酔したのではない。その中からじっくりと祖国を案じていたのであった。日本人の可能性や現状が明らかに閃めいた。無暗な西洋模倣も考えなければならない問題であり、日本の伝統も深く考える必要のある問題のように思われた。異国においてようやく真実の祖国を知った彼は、晩年に数種の歴史小説を残したが、そのきっかけは、こんなところにもあったのだろう。大正二年八月から「東京朝日新聞」によせた『フランスだより』は、こうした彼の心境をよく物語っている。『フランスだより』は、のちに『平和の巴里（パリ）』としてまとめられた。

かくして、再び激しい芸術的意欲にかられた彼は、大正三年に入るや、『桜の実の熟する時』の製作に着手しはじめた。これは、彼自身の青春の記録ともいうべきもので、ちょうど、『春』の前編と考えてもさしつかえのない内容である。五月と八月の「文章世界」に発表されたが、その後は、思いがけない非常時のために五章で一時中絶のやむなきにいたった。

戦争のパリ

大正三年（一九一四）七月二十八日、オーストリアとセルビア間の宣戦布告を皮切りに勃発した第一次世界大戦は、あっという間に欧州全土を戦火の中にのみこんでしまった。三国同盟のドイツ・オーストリア・イタリア側と、三国協商のイギリス・フランス・ロシア側の対立は以前より深刻であったが、直接のきっかけは、セルビアの一青年がオーストリアの皇太子夫妻を暗殺したことで、ドイツはオーストリアを、ロシア・イギリス・フランスはセルビアを助けて参戦したのであった。日本も日英同盟のよしみで連合国側にみかたして立った。

フランスが対独宣戦を布告したのは八月三日であった。しかし、ドイツ軍は破竹の勢いでパリにせまり、たちまちのうちにパリは戦場の巷（ちまた）と化したのであった。多くの日本人はロンドンをさしてのがれたが、その時になってもまだ、藤村は下宿の窓から戦乱に動揺する巷をながめていた。そればかりか、悠然と街々を見物して歩きさえしたのであった。

しかし、パリが包囲の危機にさらされる頃ともなると、さすがの彼ものんびり構えてもおられず、いたしかたなく正宗得三郎らと共に、フランス中央高原地帯の西側にあるオートヴィエンス州リモンジュ市まで避難していった。正宗得三郎というのは、藤村らと共に自然主義の中心の一人として活躍した正宗白鳥の二番目の弟で、画家であった。

二ヵ月半のち、パリの包囲が解けると、彼は一人ボルドオを経てパリに戻って、人の気配のないパリの街街を観察して歩いた。まことに、たくましい神経である。この成果は『フランスだより』として依然「東京朝日新聞」に送られていたが、後に『戦争と巴里』としてまとめられた。また、『桜の実の熟する時』の続稿をも書いて、翌大正四年の一月と四月の「文章世界」に寄せたりもした。

この戦争によって、彼は、また一つの認識と反省をあらたにした。それは、フランスの多くの芸術家、なかんずく文学者たちが政治を説き、国を憂えて奔走している事実であった。この大戦で詩人シャルル・ペギイをはじめ五十八人もの文学者が戦死していた。日本の文学者がいかに政治に無関心であるか、日本の政府がいかに文学者に対して弾圧的であるか、少年時代には政治家志望であった彼としては、一層痛感せざるを得ないところであった。

そしてまた、忍耐ということの強さを知ったのも収穫の一つであった。フランス人は、消極的にパリの自由を守って、ついには戦争に勝利をもたらしたのである。死の中から生をさぐり出したのだとでもいうべきであろうか。これは、とりもなおさず、藤村自身の姿にもつながっていた。今や、死の中から生をさぐり出そうとする彼であった。この時、パリ永住を決意した彼の心はゆれ動いた。子を想い、祖国を偲び、帰国を思案する日を送るようになったのである。

戦争は、マルヌ会戦から膠着状態に入り、北部の重要工業地帯は一部占領されたままになっていた。西部戦線では、一九一五年の春季攻勢は挫折に終わった。彼は、六月になってシベリア経由の交通が再開すると、長期戦に入ったパリをあとに、二年半の滞在をきりあげて帰国しようと考えるようになった。さっそく旅費を神津猛に貸してくれるようたのんだが、ちょうどそのころ、有島生馬から、藤村後援会ができたとの通知があって、とりあえず帰国は延期となってしまった。会からは二回の送金があったが、とりたてるほどの金額ではなかったため、長い滞在を支えることが出来ず、再び、神津猛に送金を依頼したのであった。

藤村が、約三年をすごしたパリに別れを告げたのは大正五年（一九一六）四月二十九日のことであった。正宗得三郎とつれだった彼は、まずロンドンに赴き、九月九日、日本郵船の熱田丸で喜望峰を廻って帰国の途についた。

五十五日の船旅の末、七月四日神戸に上陸、大阪・京都でパリで親しくなった河上肇らに再会、旧交をあたためたのち、ひっそりと品川から芝区二本榎西町の留守宅に入ったのは、七月八日のことであった。すでに、四十四歳になっていた。

大正5年7月，フランスから帰国のおり
（芝二本榎で）
左から島崎こま子，権藤誠子（家事手伝い），島崎重樹（広助の長男），島崎やよ（広助の妻，朝子の母）楠雄（長男），鶏二（二男），藤村

心を鬼にして

三年の異国の生活と、二ヵ月近い長旅とで藤村の心身はすっかり疲れきっていたが、帰国してみると、次兄広助一家に二児を託してあった二本榎の留守宅は、目もあてられぬほどの窮状にひんしていた。広助の、家をかえりみない義侠的行動が、経済の苦しさを極点にまで追いこんでいたのである。

弟の弱みにつけこむ兄のために、一切の負担は藤村の肩にふりかかって来た。休む間もなく、彼はいやでも筆をとらねばならなかった。さらに、ひとり肩身のせまい思いに苦しんでいたこま子とのよりも戻ると、事態は、以前にもまして深刻であった。

藤村は、思い切って次兄一家を下谷の根津宮永町に移すと、他人にあずけてあった柳子を手元に引き取り、こま子は手伝いとしてそばにおいた。さっそく『故国に帰りて』などの稿をおこしたが、自分自身の借財の他に、次兄一家の面倒もみ続けなければならないので、経済は苦しかった。その上、次兄は目をわずらっていたし、長姉そのが精神病をわずらっていたのも精神的な負担を非常なものとした。

経済・精神両面の打撃もこらえて、とにかく金を作る必要が先決であった。『フランス土産(みやげ)』と題する童話七十七編を起稿して、大正六年四月に『幼きものに』にまとめて出版、同じ月に紀行文『海へ』を「中央公論」に発表、そのかたわら、早稲田大学や慶応大学の講師となって、フランスの近代文学を講じたりもした。

当時の文壇は、藤村がフランスへたつころからみると、かなり模様を変えていた。出発のころ全盛を誇っていた自然主義は、まだ衰退しきったのではなかったのが、下降線をたどっているのは明らかであった。正宗白鳥や徳田秋声の活躍の他は、あまりぱっとしないようであった。特に田山花袋は落ち目に苦しんでいた。それに反して、あちこちに自然主義を目の仇とする若い連中が旗をかざして横行していた。出発のころは、まだ単なる新人にすぎなかった白樺(しらかば)派の連中も、武者小路実篤(むしゃのこうじさねあつ)を筆頭にめざましい活躍をみせていたし、いつの間にかあらわれた新現実主義なる若者の群が、徐々に人気をあおりつつあった。芥川竜之介(あくたがわりゅうのすけ)とか久米正雄とかの、彼の知らない名前が聞かれた。

大正六年六月、藤村は、二本榎の家を引き払って、芝区西久保桜川町の風柳館に移った。そこは、高級下宿屋で、奥の二間を借りたのは、紀行文『海へ』の続稿を書くとともに、パリでは前編しか書けなかった『桜の実の熟する時』の後編を仕上げるためであった。このころになってもまだ、こま子との不倫な関係はたち切れずにいた。たよりなく心細いこま子は、いつまでも叔父にすがりつこうとしていたのである。『桜の実の熟する時』を脱稿した藤村は、ただちに、一生涯の運命を決するような大仕事を計画した。つまり、第四番目の長編小説に着手したのである。大正も七年に入ろうとするころであった。

しかし、それは大きな危険をともなっていた。ともすれば、地位も名誉も、一切を水泡と帰してしまうかもしれない危険であった。それでもなお、彼には、あえてその長編を書く必要が認められたのである。心を鬼と化し、自分をも他人をも奈落のどん底までつき落とすことによって、再び新しい人生のめぐって来ることを期待するより仕方のないことが、すでに明らかなのであった。このままで一切を不幸のままに放置するよりも、最も苛酷（かこく）な手段を講ずることによって、すっきりした新たな生を期待したかったのであった。

四月に入ると、長編は起稿され、『新生』と題されて、五月一日から十月五日まで百三十五回にわたって「東京朝日新聞」に連載された。

これが、藤村の文学、しいては自然主義文学中最大の告白小説であった。叔父と姪のみにくい不倫な関係、そこへ落ちこんだ事情、フランスまで逃げながら再び帰って来たこと、それにつけこむ次兄のこと、恥多い自らの一切の秘密が、自ら公然と社会に向かって打ち明けられたのである。一見無謀な、極言すれば正気の沙汰ではないこの行為も、彼にとっては一つしかない良策であった。一切をなげうち、自分をぎりぎりの線までおいこんで、そこから回生の道を探そうと考えたからである。彼は、それに耐えられるだけのものをもっていた。それには、他人の犠牲も必要であったが、今となってみれば仕方のないことであった。こま子の愛欲も、広助との金銭関係も、いつまでも放って置けるものではなかったから。ただ、こま子の母が死んだ後で発表したことが、罪のない義姉に対するせめてもの思いやりであったのだろう。案のじょう、こま子には怨まれ、広助からは義絶を申しわたされた。しかし、これも、予定の一部であった。あとは、自ら旧悪を洗い落として、お互いに新生を許ればよかったのである。

世をしのんで

彼は、そうした後、謹慎を表示するような質素な生活をはじめた。贅沢な風柳館を出て、麻布区飯倉片町に移り住んだ。大正七年十月のことであった。

思い通りの予定をなかばはたした彼は、今や心静かに社会のさばきを待つ心境であったが、世間では予想通りの大騒ぎとなった。非難する人、同情する人、仲間たちの中にも、裏切られたような気がして怒る者と、友人の気持をおしはかって同情する者とが出て、文壇でも社会でも藤村と『新生』が大きな話題となった。

文壇で非難派の第一人者は、当時流行作家となっていた芥川竜之介であった。彼は、「私はこんな偽善者をみたことがない」といって、その過ちを憎む以上に、かくし通して忘れさるべきものを平然と告白し、芸術化によって一人新生を得ようとして、他人まで一層の不幸に落としかねない作者の強引な態度を憎んだ。藤村にしてみれば、そんな積りはなかったのであろうが、とも角、芥川の非難はそういったことであった。

同情派の第一人者は、親友田山花袋であった。人のいい彼は、『新生』が発表されるや、藤村が自殺を覚悟して無謀な告白に踏み切ったのだと思いこんで、心から哀れな友人を案じた。しかし、藤村は、多少の過(あやま)ちや困難で自ら生命をたつほど弱々しい男ではなかった。しかも、大変な決意を胸に秘めて、あえて社会の罰を正面からこうむり、それによって人生の革新をはかり、同情・非難さまざまの反響の内にひっそり謹慎していた彼ではあったが、そのころになると、『新生』も単なる無謀な告白ではなくなっていたのである。一方から、激しい芸術的意欲のつきあげるのをはっきりと意識していた。

もろもろの反響をよそに、彼は、『新生』後編の構成を計画した。これは、大正八年八月五日から十月二十四日まで、百四十一回にわたって、前編同様「朝日新聞」に連載された。しかし、先にも触(ふ)れたように、この時はひそかにさばきを待つという心境ではなく、大いに芸術的気分もたかまっていたので、後編は、パリで得たいろいろな体験や反省も生かされ、社会的観点からの内容の一部はともかく、大家の面目をありありと見せつけるような気分にみちあふれていた。

文壇では、自然主義の時代は去ったといわれ、事実、明治末期から自然主義の四大家として文名を欲しいままにして来た、田山花袋も、徳田秋声も、正宗白鳥もいっこうに意気の上らない時代であった。花袋は歴史小説を手がけ、秋声は中途半端な大衆小説を書いて生活のたしとし、白鳥は郷里に帰って地主である父のあとを継ぐ決心をしたりする状態であった。一時は、白鳥と共に自然主義の二大新人としてもてはやされた真山青果(まやませいか)も、文壇の片隅でひっそりと戯曲を書いていた。皆、自然主義を捨てたのではなかったが、新しくおし寄せる波はどうすることもできず、彼らがかつて硯友社の先輩たちに味わわせたのと同じ心境を味わっていたのであった。ただ、彼らは、あとから激しくおし寄せる波とも窮極的に求める所は同じであったから、その点だけは硯友社のかつての思いとは異っていた。

藤村は、三年のフランス滞在の間に大きく動いていったそういう文壇の事情に、いくらか当惑はしたがあわてるほどのこともなかった。いずれにせよ、自分の道を行くより仕方のないことを知っていた。すぐ新しいものに走りたがる日本人の性急さをパリで悟って来たのである。そのために、なるものもならず、熟するものも熟さないのだと悟った時、彼は、写実作家で押し通すべき自分を、はっきり意識していたのである。写実が熟すれば、そこには偉大な象徴も生まれて来よう。彼は、単なるさばきを待つ心境ではなく、自信と希望にもえて、堂々と『新生』の後編を書くことが出来たのである。そこには、罪におののく小さな中年男は姿をかくして、大家の面目が躍如としていた。

しかし、いずれにしても一概に割り切れる心境ではなかった。芸術の陶酔から覚めれば、彼はただ一介の人間にすぎなかった。『新生』の後編を書きあげた後もずっと謹慎していたが、つきまとう不安はつつみ隠すことができなかった。法律上からも、道義上・慣習上からも忌まれる秘事を告白した以上、すべてが平穏無事ですまされようとは考えられなかった。現在が無事であればあるほど、その不安はこうじた。しかし、それ以上に、自己の体内の黒い血を憎み、ゆがんだ生に苦しみながらも、なお、生きたいと願う気持は切実であった。「私のやうなものでもどうにかして生きたい」とは、『春』の末文の有名な文句であるが、数年経た今、一層実感のこもった言葉として胸中にくりかえされているのであった。生きていればきっと何かできるという気持もあったろうが、大家もその点では一介の人間にすぎなかった。

再び世の中へ

かくして、大正九年（一九二〇）になると、ひっそりと社会をはばかっていた藤村も、周囲に相ついで起こった悲喜こもごもの事件につられて、いつしか再び世間へ顔を出すようになった。

三月、長姉高瀬そのが逝った。精神病をわずらった、愛する姉の不幸な出来事であった。五月、自然主義の好漢岩野泡鳴が逝った。不遇の内にもつねに磊落にふるまった男の、悲しむべき出来事であった。十一月、自然主義仲間の秋声、花袋誕生五十年祝賀会が盛大にもよおされた。自然主義以前からの仲間のために、記念すべき嬉しい出来事であった。彼は、片上天絃と共に『現代小説選集』を編集して、同輩や後輩と二人を祝った。

そして間もなく、翌大正十年二月は、彼自身にとって、誕生五十年の記念すべき年であった。こんどは祝賀を受ける側にまわった。まさしく、新しい人生の門出を記念すべきめでたい年であった。彼は、生活をも文学をも整理して、新たな気持で再出発に向かおうとした。誕生五十年の記念として、一年おくれの大正十一年になってしまったが、『藤村全集』全十二巻を編集したのも、そんな気持のあらわれであった。

この前後はまた、家庭的にも忙しい時期であった。子供たちも、おのおの無事に成長していた。そのため、父親としての藤村は、かえって気をつかわねばならなかった。次男鶏二に画才のあるのを知ると、さっそく川端画学校に入学させた。大正九年四月のことである。また、木曽福島にあずけたままになっていた三男蓊助も手元に呼び寄せた。大正十年三月のことである。また、長男楠雄が病弱のため、思案の末中学を中退させて郷里の知人清水屋一平にあずけ、田畑を買い入れて故郷に数百年の由緒（ゆいしょ）ある家を復興しようとも計画した。大正十一年八月のことであった。

そんな多忙きわまる日常の中で、『新生』以後も、盛んな創作活動が続けられた。フランス旅行のしめくくりとして、『エトランゼエ』を発表したのが、大正九年九月二十五日から、十年一月十二日までの「朝日新聞」であった。狂死した長姉そのをモデルにして『ある女の生涯』を発表したのが、大正十年七月の「新潮」であった。また、この時代は、児童文学に力を注いだのも一つの特色であった。

大正七年七月に、鈴木三重吉の「赤い鳥」の創刊を助けたり、大正八年十一月に、有島生馬の「金の船」の監修者として名をつらねていたのも記憶すべきことがらであるが、さきに『幼きものに』を書いていた藤村自身としては、大正九年十二月に『ふるさと』を、大正十三年一月に『をさなものがたり』を出版している。いずれも童話集である。

これらは、故郷の昔語りを、異国での見聞を、また自分自身の身辺を、わかりやすく説いて、わが子に語って聞かせるといった趣向のものであった。彼は、大正十二年一月には、脳溢血で倒れて五十日ばかり小田原で静養したことがあったが、その時に書かれたのが、『をさなものがたり』である。これなどは特に、生命の危機に瀕（ひん）して故郷をなつかしみ、子供の世界にかえって子供たちと話し合うといった気分に満ちている。そのため、日ごろの藤村らしい苦悩も厳しさもなく、こまかく気を配りながらも自由で生々としている。めずらしくユーモアさえ感じさせるのはそのためである。

この時期でもう一つあげておきたいのは、藤村が、全集で得た印税をさいて婦人雑誌『処女地』を創刊したことである。大正十一年四月のことである。巌本善治の「女学雑誌」以来、いくつかの婦人雑誌に関係してきた彼のことを思えば、自ら女性の教育に当たろうとしたとしても、別段の不思議はないが、ある意味では、こま子事件の罪ほろぼしのような含みがあったのではないかとも考えられる。

当時の日本女性は、社会的地位が低かったかわりに、自己に対する責任も軽かった。そればかりか、自ら高い地位を得ようとする志向もなく、責任を持とうとする自覚も薄かったのである。そんなところから、こま子とのことも、彼が一人であせってみても、こま子の方からは一向に身を引こうとせず、そこでまた彼の態度もぐらつく、といった悪循環の一面があったようである。藤村は、そうしたことを考慮に入れて、女性が向上すれば、そんな不幸も少なくなると思ったのではあるまいか。もちろん、これは筆者の想像である。

とも角、藤村が、女性の知性の向上に一役かおうとしたのは間違いない事実である。これには、大正時代に入ってから、女性解放の運動が徐々に盛りあがっていたので、その刺激も影響したであろう。とすれば、婦人向上の運動に一役かうのと、自分をなぐさめるのと、一石二鳥をねらったことになる。しかし、『処女地』は大した実績もないまま、大正十二年一月に第十号を出しただけで廃刊となった。ただ、この雑誌から女流作家鷹野つぎの巣立ったのが最大の功績であった。

さて、大正十二年（一九二三）は、九月に関東大震災の起こった年である。この時、彼の飯倉の家は、からくも焼失をまぬがれた。この前後の模様をよく伝えているのが、大正十二年十月八日から二十二日までの「東京朝日新聞」に寄せた、故郷の長男楠雄あての消息文、『子に送る手紙』であった。

ここでも、彼は、パリの戦火の巷にいた時と同じような落ち着きと好奇心をのぞかせている。震災当日の悲惨な模様、人心の動揺、復興の兆(きざし)、やがてどん底からはいあがる気力の生じはじめた気配(けはい)、そういうものを冷静な態度で客観的に書いて、そこには、力強さすら感じさせる。苦しみながらも挫(くじ)けることがなく、必ず立ちなおることのできる生来の図太い神経をもった彼を、まざまざと証明したようなものだが、一言にそうは言っても、決して容易なことではない。それだけでも、彼は偉大だったわけである。

（左から）花袋，藤村，秋声

大家の風格
——長い人生の極みに——

円熟・再び前進

そうこうするうちにも、年号は昭和に移った。短編集『嵐』が新潮社から発刊されたのは、昭和二年一月である。これには、名作の数数、『伸び支度』『嵐』『分配』などが収められているが、いずれも、成長して行く子供たちを対象として扱った、和やかな作品となっているのが特徴である。『伸び支度』は、初潮をみるころの少女を描き、『嵐』と『分配』は、父親の立場から成長する子供たちを見守りながら、共に同時代を歩いて行こうといった優しみにあふれている。

　事実、子供たちも皆、少年期から青年期へとさしかかっていた。昭和二年でいえば、郷里で農事に励んでいた長男楠雄は二十二歳、次男鶏二は二十歳、三男蓊助は十九歳、末娘柳子も十七歳であった。藤村自身も五十五歳、白髪をもよおす年齢であった。その作品に、苦悩や厳格さばかりではなく、優しい落ち着きが出てくるのも当然であろう。

『嵐』に収められた諸短編には、特にそういうものがのぞいている。円熟とでも名づけるべきか。人間的にも一段と成長したためであろう。たとえば、『分配』に描かれた三男が、当時興隆をみせはじめたプロレタリア運動にひかれて行くのも、それぞれに進むべき道があるのだ、と暖かく見守ったりする。そこには、寂しい父親のかげがないではないが、それも実に、理解と慈愛にみちたかげであった。

さて、昭和に入る前後から円熟味を加えた藤村は、さっそく、これまで以上の大仕事、自家の歴史に日本歴史の一頁を象徴しようとする『夜明け前』の製作を計画しはじめた。これは、大正十五年に故郷の長男を訪ねた時からの計画であるといわれているが、実際は、『春』や『家』のころから意中にあったことであり、決定的なきっかけとなったのは、昭和三年四月に再び長男を訪ねた時、『大黒屋日記』や『八幡屋覚帳』を手にいれたことであった。これらは、故郷の歴史や、島崎家の周辺をよく物語るものであったから、彼の構想はいよいよ動かぬものとなって行った。『夜明け前』は、作品編で詳しく述べるので、内容の多くは語らずにおくが、一応、製作の経路だけはふれておこう。

ところで、この昭和三年の十一月、『夜明け前』の発表される前年であるが、藤村は突然、かつて「処女地」の同人であった加藤静子との再婚に踏みきったのであった。静子は、明治二十九年生まれの三十二歳、藤村は五十六歳であった。まだ身体も丈夫だったし、幼なかった子供たちも成長したので、十八年間の長かった独身生活に別れを告げる決意に踏みきったのであろう。西欧では、一人で生きるのは生きる内に入らないといったような思想があるし、独身生活はかえって不自然だし、今では、珍しいことでも悪いことでもないが、当時としては、理窟はそうでも余り当前（あたりまえ）のことではなかった。その上、倹約は父ゆずりの生活信条であったから、式も略式で簡素に行ない、その後にひっそりと発表したのであった。

それと同時に、子供たちも次々と巣立って行った。翌四年三月には、次男鶏二がフランスへ留学し、九月には、三男蓊助がドイツへ留学し、二年後の昭和六年四月には、長男楠雄が結婚した。急に身辺が片づいて寂しくもなったが、身心共に落ち着きができて、心おきなく大仕事に没頭することのできる環境になったのであった。こうして、『夜明け前』は、静子との結婚によって胎動を開始し、子供たちの巣立ちと共に世に出たのであった。

まず、結婚式のすんだ十一月四日、新夫人を伴って島崎氏の祖先永島氏の出た相州公郷（くぎょう）村（現在横須賀市の一町）を訪ねて、『夜明け前』は、いよいよ連載予告の運びとなった。次いで、昭和四年四月、『序の章』を「中央公論」に発表したのが始まりで、年四回の割で、昭和六年十月までかかって第一部を書きあげた。これは、昭和七年一月、新潮社より上梓（じょうし）された。次いで、同年四月から昭和十年十月までかかって、やはり年四回の割で第二部を書きあげ、全巻完成となった。これは、その年の十二月、同じく新潮社より上梓された。全体が二部四巻からなり、まる七年を発表に費やした文字通りの大作であった。この間作者は、ほとんど他の仕事を手にせず、ただ、『夜明け前』だけに没頭したのであった。

激動する世を

　しかし、藤村が『夜明け前』に没頭している間にもさまざまの事件はあった。身のまわりでは、二人のむすこが洋行し、一人のむすこが妻帯したことはすでに述べたが、昭和四年次男が洋行した年は、また世界的恐慌の吹きあれはじめた年でもあった。三男がベルリンに留学した昭和五年は、五月、明治時代から自然主義の同僚として共に文学を語りあった田山花袋が逝った。ロンドン海軍軍縮会議が開かれたり、浜口首相が暗殺されたりして社会的不穏のつのりだしたのも、この年であった。

　長男の結婚した昭和六年には、N・フェドマン夫人による『破戒』のロシア語訳がなされ、ソビエト国立出版局芸術文学部から刊行された。わが日本文学にとっても、記念すべき嬉しい出来事であった。また、次男が二年余のフランス留学を終えて帰朝したのもこの年であり、さらには、社会的大事件として、満州事変勃発により、国際情勢がますます不穏になって来たのも、この年の九月であった。

　昭和八年には三男もドイツから帰朝したが、ヒトラーがナチスを率いてファシズム政権を樹立したのもこの年であった。世界は、吹きやまぬ恐慌におびえながら、その打開策として対外侵略のすきをうかがうような、緊迫した情勢下にあった。日本の、昭和七年の五・一五事件、昭和十一年の二・二六事件も、そういう事情の著しい具現であった。

　そういう社会情勢と共に、文壇の事情も大きく動いていた。昭和に入るや、プロレタリア文学とモダニズムが文壇の勢力を二分する程のめざましい働きをみせたが、それらも決して長続きしなかった。根気よく頑張りながらも、プロレタリアには、政府の弾圧をはねかえすだけの実力がなかった。昭和八年二月、小林多喜二が虐殺されたのは、いたましくもショッキングな事件であった。言いかえれば、政府の弾圧はそれほどにも横暴かつ熾烈だったのである。

また、横光利一、川端康成らの新感覚派に始まるモダニズムや、次に出現した新興芸術派・新心理主義などと称するグループも、めまぐるしい社会情勢と同じように、じっくり腰を落ち着けるようなものとはならず、大正時代に一時の隆盛を誇った新現実主義の文学も、昭和二年の芥川竜之介の自殺の前後から一向にふるわなくなっていた。そのかわり、吉川英治らの大衆作家の登場したのがこの時代であった。

いうまでもなく、自然主義の呼び声はなくなり、かつての同僚もちりぢりであった。闘将田山花袋は、晩年はふるわないまま死に、徳田秋声は最も沈滞した時期であった。正宗白鳥も創作から遠のき、随筆や評論に独自の味を出して、その方で活躍している有様であった。そんな中で、藤村はただ一人黙々と自己のペースを守っていたのであった。そうするうち、昭和八年のころから、一時は藤村が地方新聞に世話をしてやったことまであった不振の徳田秋声が、『死に親しむ』『仮装人物』『勲章』など再び優れた長短編を発表しはじめたのは、お互いにいつの間にか自然主義の生きのこりで、しかも文壇の長老格となってしまっていた彼にとっても嬉しいことであったろう。秋声六十二歳、藤村六十一歳であった。

そして、つねに自己のペースをくずさなかった藤村が、『夜明け前』を完成した昭和十年は、もう六十三歳であった。多年の苦労で、頰もこけ、白髪も増えて、めっきり老人くさくなっていた。そして、完成の前月に、末娘の柳子も嫁いでしまうと、家庭も本当にひっそりしてしまった。

しかし、老大家としての世間での藤村は、一段と威厳を加えていた。『夜明け前』の完成するや、十一月二十日の夜、芝三緑亭で盛大な完成祝賀会が催された。これには、旧友や後輩が多数かけつけた。また、二十六日に初めて結成された日本ペンクラブでは、その総会の席で初代会長に就任したのであった。さらに、朝日新聞社の昭和十年度朝日文化賞が贈られたのは、翌十一年一月二十四日のことであった。

世界の中の日本

さて、大作『夜明け前』を完成してほっと一息入れた藤村は、昭和十一年七月に、十九年間をすごした飯倉の家をたたんで、日本橋の千代田旅館に移った。アルゼンチンのヴェノス・アイレスで開かれるペンクラブ大会に出席するためであったが、帰国後の居所は、麹町区下六番町に新築することになっていた。これは、当時親しくしていた和辻哲郎(わつじてつろう)に一切を託したのであった。

七月十四日、夫人と副会長であった有島生馬同伴で東京をたち、十六日、神戸からリオ・デ・ジャネイロ丸に乗って、一路ヴェノス・アイレスをめざした。国際ペンクラブの第十四回大会を無事に終え、南米、北米をまわり、懐しいフランスにも立ち寄って帰朝したのが、翌年一月の二十三日であった。麹町の新宅はすでに出来上っていた。新居に落ち着いた藤村は、さっそく、第二回目の洋行紀行『巡礼』をまとめたが、その時もう次の大仕事の計画が胸一ぱいにひろがっていた。『夜明け前』の続編ともいうべき『東方の門』の製作計画であった。これは、今回の旅行から大いに刺激された所があった。

藤村は、前回の旅行とちがって、今回はのびのびと明るく自由な気分を満喫することができたのであった。日本屈指の文豪ということも、ペンクラブ会長ということも、彼の貫禄を倍加し、待遇をよくした。実に、堂々とふるまうことができたわけである。

しかし、この旅行で最も大切なことは、彼が、前回の旅行の時よりもさらに強く、東洋やその中の一小国日本について考えさせられたことであった。まず、西欧諸国のアジア・アフリカ諸国に対する植民地政策や人種偏見と、南米諸国の偏見のない自由な空気との対照が彼をおどろかせた。深く両者を比較してみずにはいられなかった。また、アメリカが、伝統もないのに新しい独自の精神をつくりあげ、今や西欧をリードしている事実にもおどろいた。そして、おのずと東洋のこと、日本のことなども顧みられた。東西文化の交流点が、日本以外にありえないことが判然とひらめいたのもその時であった。事実、過去数十年の間にも、日本が幾らかずつその役目をはたして来たのが改めて認識されたが、それではまだ物足りなかった。フランスのマルセイユの美術館で、シャヴァンヌの描いた「東方の門」と題した壁画を見た時、彼の実感はいよいよ切実なものになっていた。『東方の門』の製作を決意したのはこの時であった。『夜明け前』同様に、周到な準備がなされ、内容も、『夜明け前』の後を受けて、明治二十九年ころからの日本を描く予定であった。しかし、こんどのは自家に代表させた歴史ではなく、福沢諭吉、岡倉天心、中沢臨川らの代表的な日本人をピック・アップして、それによって近代日本の形成過程をみつめるつもりなのであった。

さて、このころ、シナ事変は泥沼にはまりこみ、大東亜戦争も時間の問題という危険な状態を続けていた。新体制運動が起こり、政党が解散され、大政翼賛会が結成された。軍閥政府は、各方面の団体を戦争気分をもりあげるために利用しようとした。昭和十二年に結成された帝国芸術院もその一つであった。芸術家を一堂に集めて、宣伝に役立てようとしたのである。誰でもその意味を知りながら、反抗することは許されなかった。藤村も会員に推されたが、その時はかたく辞退した。しかし、昭和十五年となり、時局もさしせまったころにもう一度推されると、こんどは拒みつづけることもできなかった。

時の流れを知り、その好ましくない流れに抵抗しながらも、ついには流されなければならないのであった。その、老大家の心境おもいやるべしである。かつて、昭和十一年の一月、宗教統制、教育統制についで文学統制がもくろまれ、文芸懇話会が作られ、会誌が発行される運びとなったことがあったが、この時、徳田秋声があっさりと政府援助の名目の統制をけって、統制を諦(あきら)めさせたのは有名な話である。しかし、会誌はとも角発行されることになって、この時、藤村が、編集だけは自分たちの手にまかせてくれるようピシリと釘(くぎ)を打ったのも、また有名な話である。そこにはそれだけの老大家の貫禄があったわけだが、せいぜいそのあたりまでが、彼らの反抗の限度であった。

涼しい風だね

昭和十六年（一九四一）十二月八日、日本は、ついに大東亜戦争に突入した。昭和十四年から始まっていた第二次世界大戦に、ドイツ・イタリアの同盟国として加担していた

ヴェノス・アイレスへ向かう船上で
（静子夫人，有島生馬，藤村）

ことから、いずれはそうなる運命であった。

その少し前、昭和十六年二月から、物騒がしい東京を去った六十九歳の藤村は、神奈川県大磯に移って、そこで老後の余生をすごすことになった。しかし、激しいファシズムの嵐は、迷惑ながら、老大家をもひっそりと閉じこめてはおかなかった。昭和十七年六月、日本文学報国会が徳富蘇峰（そほう）を会長として発足（ほっそく）し、十一月三日から三日間、日満華蒙（にちまんかもう）の四カ国参加のもとに大東亜文学者会議が開かれたが、その際、藤村は、初日の万歳の音頭をとらねばならなかった。彼は、控えめな態度で、はじらいさえ含んで音頭をとったといわれている。こうした情勢のもとで、『東方の門』が書きすすめられ、昭和十八年一月から、二カ月おきに「中央公論」に発表されたが、十月の発表を最後に、これは永遠に完成されぬ作品となってしまった。

大磯の書斎で、書きかけの『東方の門』の第三章を夫人に読んで聞かせていた彼は、激しい頭痛におそわれ、自ら茶棚の薬をとろうとして倒れたのであった。ちょうど東側から吹きこんだ風を、「涼しい風だね」といったのが最期で、ついに意識はかえらなかった。時は、昭和十八年（一九四三）八月二十二日、七十一歳、病名は脳溢血であった。同年十一月十八日、同じく自然主義の老大家徳田秋声が逝く三月ばかり前のことであった。相次いだ二大家は、最後まで自己の信条を通して来たわけだが、激しくも悲惨な空襲を知らずに逝ったのが不幸中の幸ともいうべきか。

苦難にみちた生涯の最後を飾ったのが、「涼しい風だね」という言葉であったというのも味わい深い。

二十四日、遺骸は、大磯南町本町の地福寺境内の梅の木の下に埋葬され、二十六日、東京青山斎場で本葬が行なわれた。ちょうど第二回大東亜文学者大会の開かれていた時で、大会名目のもとに代表者数名がおくられた。佐藤春夫、久保田万太郎、久米正雄らであった。

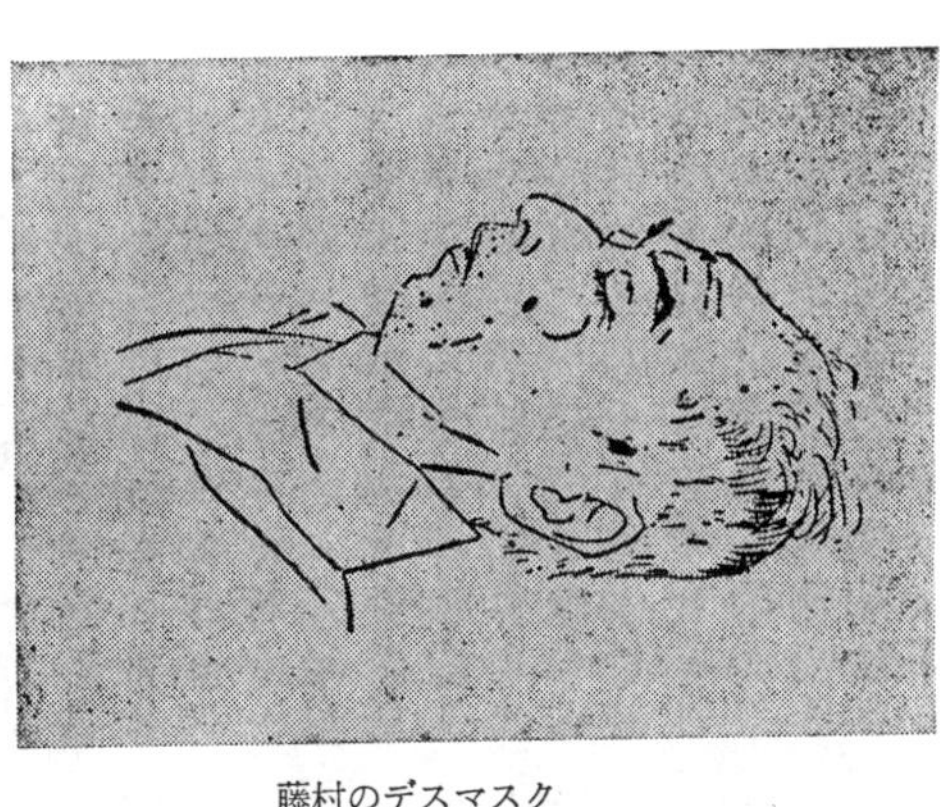

藤村のデスマスク

（二男鶏二の筆による）

「本会名誉会員島崎藤村先生逝(ゆ)かる。先生が、明治、大正、昭和三代に亘(わた)って簡素なる境地に徹せられつつ文藻(ぶんそう)を傾け、筆を息(やす)めず、文学報国の実を挙げ来られしは玆(ここ)に舞辞(ぶじ)を要せざるところなり。

今や挙国曠世の大業に就けるに当り、益々先生の重厚深遠なる伝統顕現の文学に俟つところ多大なりしに、俄かに逝き給ふ。新涼むなしく痛哭せざるを得んや。

我等今第二次大東亜文学者大会開催中なり。

願はくば先生の霊しばらく留まられて我等が盟邦同信の友と決戦下文学の振起を図るを見守り給はんことを。謹しみて哀悼のまことを捧ぐ」

これは、かれらによって捧げられた弔辞の全文である。いささか戦時下の宣伝くさい所があるが、とも角、彼が三代を生きぬいたまれに見る大文学者であったことは否めない。その名は、いつの世までもほろびずに残ることであろう。

十月九日に、遺髪と遺爪が故郷馬篭の永昌寺に送られ、そこの墓地に分葬された。故郷から多くのものを受け、苦悩と力にみちた一生を全うした彼の魂は、こうして再び故郷の土に眠ったのである。文樹院静屋藤村居士、これが彼に与えられた戒名であった。

島崎藤村の墓（大磯，梅樹の下）

第二編　作品と解説

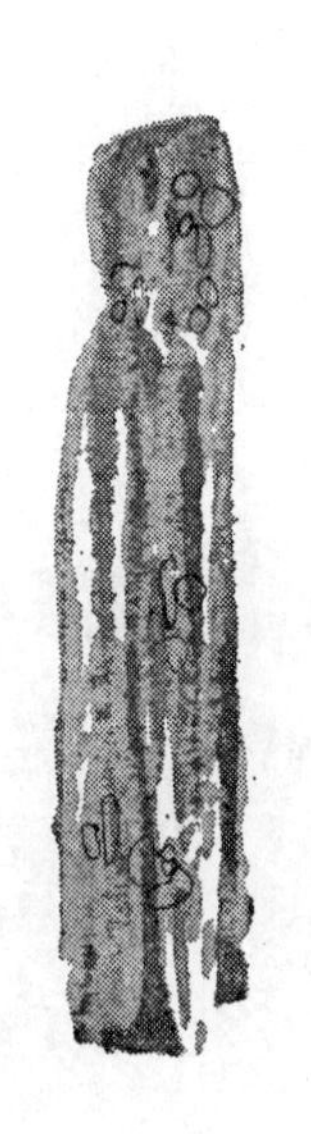

藤村詩集

『藤村詩集』の初版は、明治三十七年九月、藤村がまだ小諸義塾の教師をしていたころ、春陽堂より出版された。後年、ローマ字による"TōSON-SISYū"(大正六年六月、研究社)なども出たが、内容はかなり異なっている。生涯編にもふれておいたように、『藤村詩集』というのは、『若菜集(わかなしゅう)』『一葉舟(ひとはぶね)』『夏草(なつくさ)』『落梅集(らくばいしゅう)』の四つの詩集を一冊にまとめたもので、いわば藤村詩の全集のようなものであるから、このままの形で収録したものはないが、藤村全集刊行会から刊行された『藤村全集』(全十二巻、大正十一年一―一二月)第一巻・第二巻と、新潮社版『島崎藤村全集』(全十九巻、昭和二十三年八月―二十七年六月)第二巻と、筑摩書房版『島崎藤村全集』(全三十一巻、昭和三十一年四月―三十六年六

藤村の晩年の書斎

月）第一巻・第二巻には、内容の全体が収録されている。

これは、四つの詩集をまとめたものであるが、そのうち、散文と散文詩は除外されている。また、初期のものや後年の幾つかももれているので、完全な藤村詩の全集とはいえないが、全盛時代のものは全部収められているので彼の詩作の全貌をつかむのに事欠く心配はない。

次に、四つの詩集ごとに代表作の幾つかを取りあげて、解釈なり、鑑賞なりを加えて行こう。まず、第一に『藤村詩集』の序をあげるが、これによって、『藤村詩集』全体の解説としよう。

藤村詩集序

これは、生涯編中、「大いなる抒情詩」の項に全文を引いておいたが、それは、昭和十一年四月に『藤村文庫』第三編『早春』を出版したおり、『早春記念』と題して収録されたもので、多少改変した所があるので、ここには、初版発行のものを引いておく。両者を比較して後の解説を見ていただければ幸いである。後の方が幾分流暢になっているが、力強さは初版の方が勝っているのがわかるはずである。

「遂に、新しき詩歌の時は来りぬ。

そはうつくしき曙のごとくなりき。あるものは古の予言者の如く叫び、あるものは西の詩人のごとくに呼ばはり、いづれも明光と新声と空想とに酔へるがごとくなりき。

うらわかき想像は長き眠りより覚めて、民俗の言葉を飾れり。

伝説はふたゝびよみがへりぬ。自然はふたゝび新しき色を帯びぬ。

明光はまのあたりなる生と死とを照せり、過去の壮大と衰頽とを照せり。

新しきうたびとの群の多くは、たゞ穆実なる青年なりき。その芸術は幼稚なりき、不完全なりき、されどまた偽りも飾りもなかりき。青春のいのちはかれらの口唇にあふれ、感激の涙はかれらの頬をつたひしなり。こゝろみに思へ、清新横溢なる思潮は幾多の青年をして殆ど寝食を忘れしめたるを。また思へ、近代の悲哀と煩悶とは幾多の青年をして狂せしめたるを。

われも拙き身を忘れて、この新しきうたびとの声に和しぬ。

詩歌は静かなるところにて想ひ起したる感動なりとかや。げに、わが歌ぞおぞき苦闘の告白なる。

なげきと、わづらひとは、わが歌に残りぬ。思へば、言ふぞよき。ためらはずして言ふぞよき。いさゝかなる活動に励まされて、われも身と心とを救ひしなり。

誰か旧き生涯に安んぜむとするものぞ。おのがじゝ新しきを開かんと思へるぞ、若き人々のつとめなる。

生命は力なり。力は声なり。声は言葉なり。新しき言葉はすなはち新しき生涯なり。

われもこの新しきに入らんことを願ひて、多くの寂しく暗き月日を過しぬ。

芸術はわが願ひなり。されどわれは芸術を軽く見たりき。むしろわれは芸術を第二の人生と見たりき。また第二の自然とも見たりき。

あゝ詩歌はわれにとりて自ら責むるの鞭にてありき。わが若き胸は溢れて、花も香もなき根無草四つの巻とはなれり。われは今、青春の紀念として、かゝるおもひでの歌ぐさかきあつめ、友とする人々のまへに捧げむとはするなり。

明治三十七年夏
四巻合本成る日

藤村」

さきにもいったように、『藤村詩集』初版の総序である。そのころの藤村は、浪漫詩人から脱皮しようと、写生を試みたり、自然の観察に励んだりしたのち、やがて『破戒』の制作にとりかかっていた。しかし、詩人時代の記憶はまだ昨日のごとく生々しいままに残っていたから、内容が追憶であるとはいっても、明治中期の森鷗外の『於母影』に代表される翻訳詩興隆の時代から、藤村の『若菜集』に代表される「文学界」の創作詩の時代へと流れていった詩歌界（あるいは文学史といってもよい）の経路、さらに限定していえば、開け始めた新しい詩歌の世界に時代的な意義を見出して、自らも一端の担い手として登場しようと試み、それに成功をおさめた詩人の心情や情況が高らかに叫ばれている。そこには、溢れるばかりの誇りと自負が表明されている。

まず、「遂に新しき詩歌の時は来りぬ」と、新時代到来の宣言を冒頭に据えたのも、彼の自信の程をありありとうかがわせるし、続く内容を強烈に暗示する多大な効果をはたしている。あるいは、「恋愛は人生の秘鑰なり」と叫んだ北村透谷の『厭世詩家と女性』の効果から学んだのかも知れない。

では、「新しき詩歌の時」とはいったい何であろうか。それは、個人感情の浪漫的な解放であり、明治維新後も相変わらず存続していた封建的風習への反抗であり、切実な自己主張の発露を意味する。人間的な偽りない心情を誰はばかるところなく表明することによって、新時代の精神的世界の展開を期待し、そこから名実共に新時代の社会的展開を迎えようとする気概である。それが、「新しき詩歌の時」という一節の象徴となって表われたのであって、単なる新形式の詩歌という意味ではない。しかし、それが全く、ただちに現代でいうところの近代的精神として具現されたかというと、必ずしもそうではないので、まず「兆」か「第一の訪れ」程度に理解した方が無難であろう。

いずれにしても、そこに新しい詩歌の時代が胎動し始めていたのは事実であり、彼自身も一端の担い手としてそれに加わり、いつしか代表的詩人に成長していたのも事実である。ところが、こうした時代は、突然にやって来たのではなかった。先輩たちの積み重ねの上にこそ初めて実現を見たのである。明治十五年八月、外山正一、矢田部良吉、井上哲次郎らの東大教授によって編まれた『新体詩抄』がその第一歩であって、ここに、日本に初めての新体詩が登場したのであったが、その内容は、西欧詩の翻訳ものや漢詩が中心で、思想的にも武士道風の傾きが残り、今日では、文学としても歴史的な意義しか与えられないような拙いものにすぎなかった。それでも、新体詩の第一歩を示した詩集であるには違いない。

次いで、明治二十二年八月、森鷗外らによって編まれた『於母影』は、同じく翻訳詩集であったが、これは文学的にもすぐれ、激しくその時代の青少年の詩情をあおった。この時代からようやく浪漫的文学が芽生えたのである。

そして、やがて自らの手で書いた創作詩の時代を迎えた。『新体詩抄』以来十年の積み重ねを経て後のことである。初版の序に「あるものは古の予言者の如く叫び」といったのは『新体詩抄』に説かれた近代詩の必要性をさし、同じく「西の詩人のごとくに呼ばはり」といったのは、先輩たちの翻訳詩をさしたのであろう。そうした所へ「穆実なる青年」の群が、「うらわかき想像」より覚めて立ち上ったのである。それは悪戦苦闘の連続であった。しかし、青年たちの希望はさらに大きかった。旧弊を破り、新地を開拓するのは常に若者のつとめである。それを悟った生命力が、雄々しい声となって新しい同朋の生命を鼓舞し、そこからやがて新しい生涯を築こうというのである。つまり、それが詩歌の姿である。虚飾に惑わず、真実の心を率直に叫べば良い。そこに真の芸術が生まれる。

彼は、自分自身をも語る。彼は、それによって、苦難と悲哀に満ちた自己の日常を救うことができたのである。そこに、彼の詩の特徴が自ら露呈されている。精神的にも、生活的にも、煩悶と苦悩の叫びが、何らかの形で詩となったのである。だから、彼の詩には、多かれ少なかれ煩悶と苦悩の痕が残っている。喜びの余りに絶叫した詩ではなく、苦しみをこらえながら吐露した詩である。胸中にわだかまるものを思い切り吐き出すことによって、人生の危機をのりこえたのである。その点、彼の詩は、単なるロマンチシズムによる抒情詩ではなかった。また、ここに、藤村の思想の一端も露見している。「伝説はふたゝびよみがへりぬ」

の一節は、何げなく読みすごせばただそれだけの文句にすぎないが、後年の彼が懐古思想らしいものをもっていたこと（夜明け前）などを考えれば、かなり重要な一節となる。つまり、これは文字通り「伝説」の世界である。鎌倉の世でも、江戸の世でもなく、封建制以前の「伝説」の世である。その王と民しかなかった時代、人間はすべて平等であった。生活も、恋愛も自由であった。彼のゆめみる近代は、そんな「伝説」の世につながっていたのである。しかし、彼の詩が即座に自由奔放なもの、伝説めいたものとなっていたというのではない。

最後に、もう一つだけ加えておこう。この「序」の末文に、芸術を「第二の人生」「第二の自然」と考えたことが述べられているが、これによって、彼が芸術派の詩人ではなく、人生派の詩人であったことが如実に証明されている。だから、芸術によって救われた彼にとって、芸術はまた、自分を鍛えてくれる「鞭」でもあったわけである。

若菜集

明治三十年（一八九二）八月、春陽堂より出版された、藤村第一番めの詩集である。内容は、明治二十九年九月に仙台へ東北学院の教師として赴任してから、翌三十年春のころまで「文学界」誌上に発表したものを、一冊にとりまとめたもので、総数五十一編、七五調の定型詩が大部分をしめ、「おえふ」「おきぬ」などの女性を主題とした恋愛詩、「暗香」「蓮花舟」などの合唱詩、「秋風の歌」などの叙景詩、「草枕」「天馬」などの半叙事詩、およそ以上の四つのタイプに大別される。

藤村の四つの詩集

それまでの新体詩は、単純素朴で感興に乏しかったが、『若菜集』は、それを近代的情操の文学にまで高めた詩集であり、抒情味あふれる美しい調べによって、時代の青春、作者の青春を二つながら象徴する浪漫ゆたかな詩集であった。つまり、『藤村詩集』の序でも述べたように、人間性の自覚、近代精神の要求をいちはやく作品化したのであり、恋愛詩もたくさんあるが、それらも人間性の解放を根底にもった前近代精神への抵抗であり、その上に築かれた抒情味なのである。恋愛を高らかに叫ぶなど、それまでの社会では想像すらできなかったのだから、彼の勇気と功績は偉大であった。そこからまた、『若菜集』に流れる藤村の精神は時代の青年の精神を代表しているのだともいえる。

それゆえ、多くの人々に愛読されたのである。今日、迂闊に読み流しただけでは、単なる抒情味にひかれてそうした事情を忘れがちになる危険がある。それだけでも十分に通用するすぐれたもので、今日なお愛読者は多いが、かげの事情もあわせて考えると一段と味わい深いだろう。いわんや、当時の反響をやである。事実、まもなく後輩として詩壇におどり出た薄田泣菫や蒲原有明等にも大きな影響を与えたのであった。

草　枕

明治三十年二月、『さわらび』五編として「文学界」に発表したものの一つで、『若菜集』中八編めに収められた。一種叙事めいたところのある抒情詩で、藤村自身の告白詩ともいえる。明治二十六年一月末日、佐藤輔子への慕情をふりきろうと関西漂泊の旅にのぼってから、明治二十九年九月初旬、仙台に赴いて心身共に安らいを感じるまでの経緯が、主として心の面から語られている。

藤村詩の特徴の一つは、生涯編でもふれておいた通り自然をうたったものにあるが、ここでも、自己の心情は自然の風景に託されている。また、芭蕉や西行にあこがれていたことも先にふれておいたが、これがそれらの先人にならった漂泊であったのも事実である。しかし、それは決して隠遁的に世俗を逃れて、仙人的な悟達を得ようとしたのではなく、自然に没頭することによって新しい自分と新しい人生をみつけ出し、その上で人生の危機をのり越えようとしたのである。そうした自然の中での自分を率直にみつめて告白したのが『草枕』であった。生涯編で述べたルソオの『告白録』の影響をみるにも恰好の一編である。かなり長い詩であるから、全体を引用することはできない。重要な部分を抜き出して、多少の解説を加えていこう。

夕波くらく啼く千鳥
われは千鳥にあらねども

心の羽（はね）をうちふりて
さみしきかたに飛べるかな

第一連めである。漂泊の途につく情景が千鳥にたとえられているが、その漂泊が楽しいものでないのは、「夕波くらく」の一節で明確に提示されている。その暗さをのがれようと、「心の羽」を打ちふる作者であったわけである。

芦葉（あしは）を洗ふ白波（しらなみ）の
流れて巌（いわ）を出づるごと
思ひあまりて草枕
まくらのかずの今いくつ

かなしいかなや人の身の
なきなぐさめを尋ね侘（わ）び
道なき森に分け入りて
などなき道をもとむらむ

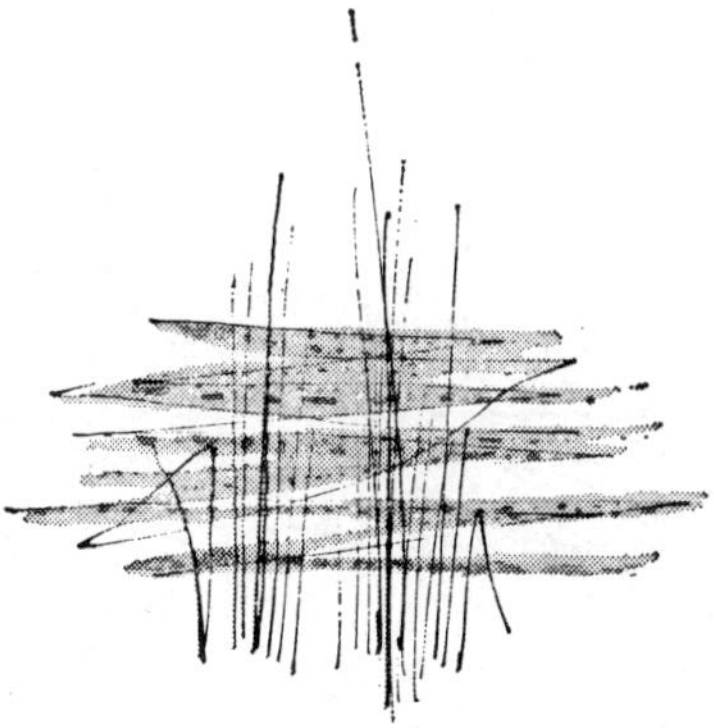

第三・四連めである。光明を求めてあてもなくさ迷う詩人の心情が語られている。「草枕」は、旅に寝ること、「など」は何故(なにゆえ)。その後の三連は、やるせなく苦しい気持を切々と綴っている。当時の藤村を思い出していただきたい。

されば落葉(おちば)と身をなして
風に吹かれて飄(ひるがえ)り
朝(あさ)の黄雲(きぐも)にともなはれ
夜白河を越えてけり

道なき今の身なればか
われは道なき野を慕(した)ひ
思ひ乱れてみちのくの
宮城野(みやぎの)にまで迷ひきぬ

心の宿(やど)の宮城野よ
乱れて熱き吾身には

日影も薄く草枯れて
荒れたる野こそうれしけれ

第八―十連めである。仙台へ赴く自分を「落葉」にたとえ、友人にすすめられるままに従った事情を「風に吹かれて」と表現しているところに、思慮に余った詩人の心境をのぞかせている。そして、かつて芭蕉が白河の関を越えたように、彼もまた白河をさらに北上して、宮城野にまで赴いたのである。時は九月、まさに「落葉」の秋をむかえんとするころである。が、その荒涼たる東北の原野が、彼にはかえって心のなぐさめとなったのである。そこには、詩人の解放感があふれている。孤独の中に味わった生のよろこびであった。

涙も凍る冬の日の
光もなくて暮れ行けば
人めも草も枯れはてて
ひとりさまよふ吾身かな

第十六連めである。その情景は荒漠としているが、もう「ひとりさまよふ」詩人に苦悩の影は宿っていない。かえって、その荒寞たる冬景色の中にひっそりと落ち着きを見せているのである。そして、寂しさがこうじると冬の荒磯（あらいそ）に出て遠い都をしのんだりもするが、やがて来るべき春の遠からんことを悟るのである。

遠く湧きくる海の音（おと）
慣れてさみしき吾耳に
怪しやもるゝものの音（ね）は
まだうらわかき野路（のじ）の鳥

磯辺に高き大巌（おおいわ）の
うへにのぼりてながむれば
春やきぬらん東雲（しののめ）の
潮（しお）の音（ね）遠き朝ぼらけ

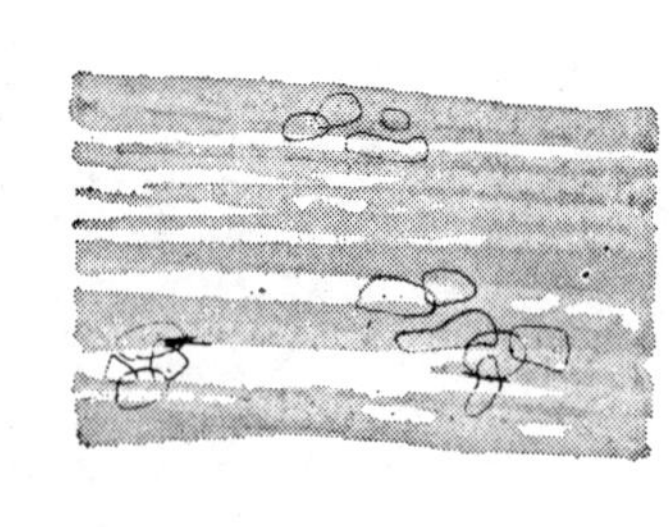

第二十六連めと第三十連めである。ここで、詩人は確実に春のさきがけを感知している。つまり、『藤村詩集』の序と同様に、彼は、自己の春と同時に時代の春をも含めたのである。仙台時代が藤村にとって夜明けにもひとしかったのは生涯編でも述べておいた。また、最終の連は、『若菜集』中次に収められた『潮音（しおのね）』にもつながっている。そこに、内部からもりあがってくる時代の力量感がみなぎっているのである。『潮音』

は引用しないが、生涯編「大いなる抒情詩」の項に引いておいたので、もう一度読みかえしてもらいたい。

初恋

明治二十九年十月、『一葉舟』十八編として「文学界」に発表したものの一つで、初めは『こひぐさ』其一としてあった。『若菜集』では三十五編めに収められている。仙台の宿での孤独な明け暮れに、故郷の幼な友だちとの淡い恋心をしのんで歌った清廉な抒情詩である。この初恋が八歳の時であったのは生涯編にふれておいた。

まだあげ初めし前髪の
林檎のもとに見えしとき
前にさしたる花櫛の
花ある君と思ひけり

やさしく白き手をのべて
林檎をわれにあたへしは
薄紅の秋の実に
人こひ初めしはじめなり

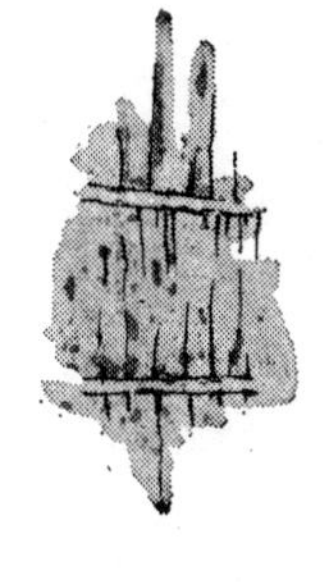

わがこゝろなきためいきの
その髪の毛にかゝるとき
たのしき恋の盃(さかずき)を
君が情(なさけ)に酌(く)みしかな

林檎畠の樹(こ)の下(した)に
おのづからなる細道(ほそみち)は
誰(た)が踏みそめしかたみぞと
問ひたまふこそこひしけれ

発想も語句も平明で、ほのかに幼さを感じさせるやわらかな雰囲気(ふんいき)をかもし出している。少女の、初めて桃割れを結って花櫛をかざした姿が、少年の胸に強い印象を焼きつけたのであろう。第一連めの「花ある君」という一句も視覚的に美しい清純な何かを象徴している。第二連めの、少女の白い手と林檎の紅(あか)い実の対照も鮮かである。そして、与える者と受ける者によって両者の秘めた慕情を表わし、「秋の実」の甘ずっぱい香りにその恋ともつかぬ恋の真実を託している。

やがて、第三連めでは、少年は何かの拍子に自分の吐息(といき)が少女の髪にかかった時、お互いの心の交流を感じるのである。「盃」といったのは、恋を酒になぞらえたからであり、「酌む」と結ぶためである。多少大人びた印象になっているのは、後年の解釈が入っているからであり、その解釈をさしはさんだのは、それを真実のプラトニッククラブとして認識しておきたかったためであろう。最後の連では、林檎畠にいつのまにかできてしまった細道を、少女がわざとらしく誰の踏み固めた細道かと問うのを、かえってうれしく感じる無邪気さを表わしている。ここにも第三連めと同じ気持の跡がうかがえる。なお、これは、藤村自身にとっても忘れられぬ、気に入りの詩であったということである。

一葉舟

明治三十一年（一八九三）六月、春陽堂より出版された、藤村第二番めの詩集である。詩は、長編ばかりだが、わずかに五編しかなく、あとはすべて散文である。いずれも仙台時代の後半に書かれたものであるが、『若菜集』の諸編が生々とした生命力にあふれていたのに反して、気力が衰え、新鮮な感動もややうすらいでいる。たとえば、

かすみのかげにもえいでし
糸の柳にくらぶれば
いまは小暗き木下闇（こしたやみ）
あゝ一時（ひととき）の

春やいづこに

と、うたった『春やいづこに』は、『若菜集』に似た抒情を見せているが、どこか安佚（あんいつ）に流れた享楽（きょうらく）の影を宿している。にじみ出た心の叫びでもなければ、高らかな青春の謳歌でもない。いわば、ちょっと心地よい物憂（う）さの中で、うっとりと優雅な言葉をもてあそんでいるような感じである。また、

あゝひこぼしも
　織姫も
今はむなしく
　老い朽（く）ちて
夏のゆふべを
　かたるべき
みそらに若き
　星もなし

とうたった『銀河』にしても、すぎゆく若々しい生命力の衰えを感じる詩人の告白にほかならない。ただ、

みるめの草は青くして海の潮の香ににほひ
流れ藻の葉はむすぼれて蜑の小舟にこがるゝも
あしたゆふべのさだめなき大竜神の見る夢の
闇きあらしに驚けば海原とくもかはりつゝ

とうたった『鷲の歌』に雄々しい力量感と、注意深い語法による調子の美しさがあり、老人と若者の対照を試みているのが注目されるくらいである。『若菜集』で一時にもやした情熱の炎は、半年の間にもう冷えてしまったのであろうか。

夏草

明治三十一年（一八九三）十二月、春陽堂より出版された、藤村第三番めの詩集である。詩は、十四編収められているにすぎないが、いずれも長編ばかりである。この夏、木曽福島に長姉そのを訪ね、再び自然の中に身を沈めて一気に書きあげたのがこの十四編であるのは、生涯編ですでに述べておいた。彼は、この時、自分の詩情の衰えを明らかに自覚していたのであろうか。無理に頭をひねったらしい形跡も見られる。恋愛感情をうたったものがほとんどなく、抒情的ではあるが、どちらかといえば叙事に傾き、劇詩風な趣のものもある。短期間仕上げのため、相互に何らかの連作がかった傾向がみられる。中でも、全三章八節からなる『農夫』と題した一編が一番長く、また特色あるものとなっているが、全体的

には、心よりも頭による詩であるといえる。この中では、

時は暮れゆく春よりぞ
また短きはなかるらん
恨(うらみ)は友の別れより
さらに長きはなかるらん

とうたった、第一番めに収められた『晩春の別離』が、一般に『夏草』中の秀歌とされている。これも、『一葉舟』の『銀河』同様、いまや去らんとしている青春に名残りを惜しむ詩人の心境であろうが、『銀河』のような軽々しさはない。また、

潮(うしお)は落ちて帰りけり
生命(いのち)の岸をうつ波の
やがて夕(ゆうべ)に回(めぐ)れるを
ひきとゞむべきすべもなし

と、うら若い女性の死を悼んだ『終焉の夕』も、人の胸をうつ深い響きを秘めている。『わすれ草をよみて』も同じような情景を歌って効果をあげている。その他いずれも好編であるが、総じて、『若菜集』と傾向を異にしただけで、そこから大きく飛躍した詩集であるとはいいがたい。こうした『夏草』の傾向は藤村の志向がかなり小説的なものへ傾いていたことを物語っている。まだ、雲の観察や写生を始めてはいなかったが、すでにその下心の動いていた時代である。叙事詩的なもの、劇詩的なものは、『若菜集』時代からもっていた一つの特徴ではあったが、『夏草』がほとんどこの特色におおわれているのが、それをよく暗示している。心で叫ぶ青春の詩に行きづまりを感じ、頭で作る壮年の詩に活路を見出そうとした彼が、そこからさらに、平明率直に思想を表わすことのできる散文に目をつけたのは、当然であったろう。

落梅集

明治三十四年（一九〇一）八月、春陽堂より出版された、藤村第四番めで、同時に最後の詩集でもある。内容は、二十四編の詩と、散文、美文からなっている。明治三十二年四月の初旬、小諸義塾の教師として小諸に赴いてのち、仙台時代にも匹敵する情緒に見舞われて、「新小説」「明星」「文庫」などの雑誌に矢継ばやに発表したものを一冊に取りまとめたのである。

なぜ再び激しい詩情をよび戻したのかというと、余りさだかではないが、自然の懐にかえったためと、かてて加えて秦冬子との結婚の刺激が作用したためではないかと考えられる。そのためか、『若菜集』以来影をひそめていた恋愛歌がめだっている。しかし、それは『若菜集』と全く同じ世界を展開するのではなく、どっしりと重みのある抒情性を見せているのが特徴である。『夏草』でみせた壮年風の詩が尾を引いているのであるが、ここには前三集以来の進歩のあとがうかがえる。感興がのっていたためでもあろう。これが、『落梅集』一番の特徴である。

また、自然の情景を詠んだものも、依然としてめだっているが、ここでは旅情としての叙景詩が中核をなしている。人生を漂泊風に考える傾向の強まったためだという研究者がいるが、実にその通りであろう。その他、『夏草』の『農夫』でみせたような、生活を象徴するようなものもあり、全体的に、『若菜集』に匹敵する激しい情熱のないかわりに、しっくりした人間性のうら打ちがある。さらにつけ加えれば、『若菜集』の七五調が五七調となっているのも注目すべきである。藤村詩の様々な傾向をすべて含んでいて、しかも最後に完成された価値ある詩集といえるだろう。実に、詩人藤村の最後を飾るにふさわしい一冊であった。

小諸なる古城のほとり　明治三十三年四月、『明星』の創刊号に『旅情』と題して発表したもので、『落梅集』に収められる時『小諸なる古城のほとり』と改められた。初めの題の通り、自然の中で旅情をしみじみと味わう詩人の姿が彷彿としている。藤村詩集最大の傑作といえるかも知れない。

小諸なる古城のほとり

雲白く遊子（ゆうし）悲しむ
緑なす繁蔞（はこべ）は萌えず
若草も藉（し）くによしなし
しろがねの衾（ふすま）の岡辺
日に溶（と）けて淡雪流る

あたゝかき光はあれど
野に満つる香（かおり）も知らず
浅くのみ春は霞みて
麦の色はづかに青し
旅人の群（むれ）はいくつか
畠中の道を急ぎぬ

暮れ行けば浅間も見えず
歌哀し佐久の草笛
千曲川いざよふ波の

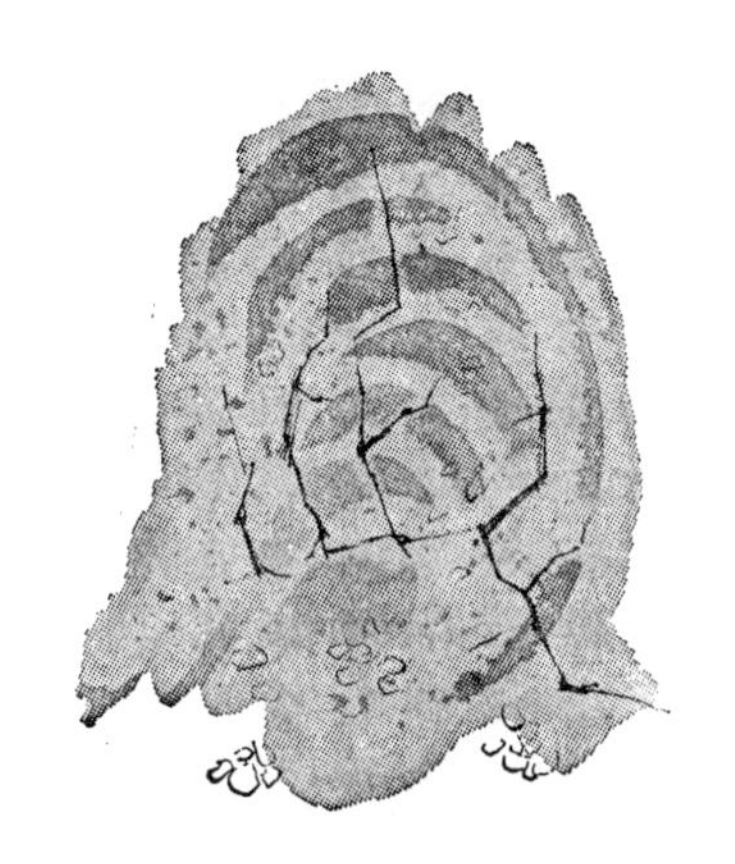

岸近き宿にのぼりつ
濁り酒濁れる飲みて
　草枕しばし慰む

　まず第一連めでは、早春のころ、小諸の城址を訪れた詩人の姿が思い浮ぶ。青空にくっきり刻まれた白雲があまりにも鮮かで、詩人の心を心地良い悲しみに誘う。が、それには四方の荒涼とした自然もからんでいる。全体が静の中に収まり、それだけに深遠な風味を秘めている。さながら一幅の絵画でもある。青空、白雲、まだらの山肌、黒々とした大地、灰ばんだ城址、和らかく注ぐ淡い陽光、その中に独り佇む詩人の心がしっとりとにじんでいる。「遊子」は旅人の意であり、ここでは詩人自身をさす。「藉く」は草を敷くの意、「藉くによしなし」だから、詩人は腰をおろす場もなく立ちつくしているのである。

　第二連めには、多少の動感がある。暖かい陽光はもう冬のものではないが、春のものとも違う。ただ春の近い証拠に、うっすらと霞がかかって、麦の若芽にも何となく生気が感じられる。畑の中の小道を急ぎ足に通る旅人が幾つか見えるが、これも早春の厳しさ、あわただしさを印象づけている。その中で詩人だけはまだひっそりと佇んでいるのである。

　第三連めでは、がらりと場面を変えている。短い春の日は落ち、物哀しく暗闇を伝わってくる佐久の草笛に誘われて、雪どけ水を集めて激しく流れる千曲川の川音の聞こえる所に宿をとった詩人は、地酒に舌つづみを打ちながらしばし旅愁をなぐさめているのである。この一連で三つの場面を展開しているが、その動と静がよく調和している。「佐久」は地名である。全体的に、叙景と抒情が見事に一体化して、底深い感動を秘めている。五七調のさりげないいいまわしも余情を加えている。

千曲川旅情の歌

明治三十三年四月、「文庫」の第一号に『一小吟』と題して発表したもので、『落梅集』に収められる時『千曲川旅情の歌』と改められた。なお、『藤村詩集』に収められた時は、先の『小諸なる古城のほとり』と合併され、『千曲川旅情の歌』の総題が与えられていた。前者が「一」後者が「二」とされていた。以後、二者を合併して一編と解釈する場合が多い。

さて、『千曲川旅情の歌』は、『小諸なる古城のほとり』が旅愁を中心に自然との調和を詠んだのに対して、自然と人生の対照をとらえ、そこからにじみ出る自然への憧憬を表白している。

昨日またかくてありけり
今日もまたかくてありなむ
この命なにを齷齪
明日をのみ思ひわづらふ

いくたびか栄枯(えいこ)の夢の
消え残る谷に下(くだ)りて
河波のいざよふ見れば
砂まじり水巻きかへる

嗚呼(ああ)古城(こじょう)なにをか語り
岸の波なにをか答ふ
過(いに)し世を静かに思へ
百年(ももとせ)もきのふのごとし

千曲川柳霞みて
春浅く水流れたり
たゞひとり岩をめぐりて
この岸に愁(うれい)を繋(つな)ぐ

まず詩人の人生観からはいり、ついで自然を観照し、最後に自然の中の詩人自らをとらえている。そこに

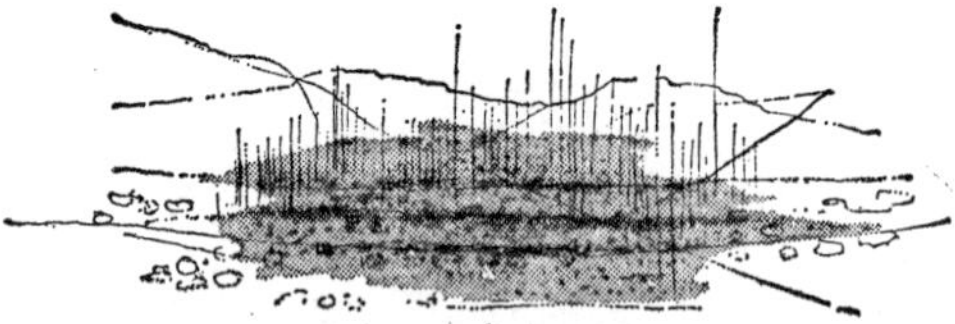

は、人間の小ささと、自然の偉大さがあます所なく投げ出されている。

人生は、昨日も今日も同じように続いている。が、この命、限りある命ゆえにあくせくしている変わりなさである。つねに明日が忘れられない。思いなげいても甲斐（かい）ない明日と知りながら。……これが人生の姿である。しかし、自然は永遠である。人間が幾度となく栄枯盛衰をくり返している間、川波はくる年もくる年も同じように流れている。

古城、それは人間の栄枯を象徴しているかのようだが、盛衰に浮沈した人間が無くなった今もその影をとどめて残っている。やはり自然なのだ。川波は幾年も変わることなく流れてきた。岡と谷とに対峙（たいじ）した彼らは、いったい何を語りあっているのだろうか。あるいは、人間の栄枯盛衰を。……それにしても、人の世ははかないものだ。詩人は孤独に早春の川辺をめぐりながら、いやがうえにもそれを痛感する。人生の寂しさ、むなしさがにじみ出ているが、そこには東洋的な情緒があって、やるせない気分にも余情がこもり、切切と胸にくいこんでくるものがある。いまだに広く愛誦されている所以（ゆえん）であろう。

千曲川のスケッチ

明治四十四年六月から翌大正元年八月まで、「中学世界」に発表された。初版は、同年十二月佐久良書房から出版された。のち、刊行会版『藤村全集』第二巻、『藤村文庫』第三編『早春』、新潮社版『島崎藤村全集』第三巻、岩波文庫、その他多数の全集、選集等に収録されているので、容易に入手できる。

全体が十二章に区切られ、さらに独立した六十五の随筆、感想、小品等からなっている。冒頭に、恩人吉村忠道の長男樹(しげる)にあてた一文が収められ、これが序となっているが、『千曲川のスケッチ』の意図や内容も、ここに宣言されている。

成立と内容　藤村は、明治三十二年四月、小諸義塾の教師となって小諸へ赴任して、約一年余りの間に第四詩集『落梅集』に収める各編を書いたが、その後、自ら「沈黙三年」と称した外面上無活動に見える時期をすごした。この間の詳しい事情はすでに御存じの通りである。つまり、『千曲川のスケッチ』の序で、「私の心は詩から小説の形式を択(えら)ぶやうに成つた」と語っている通りの事情で、そのために色々の試練をつんでいたのであった。絵日記をつけたり、雲を観察記録したりした。『千曲川のスケッチ』はそうした試練の一つであり、その中でも最大のものであった。

『千曲川のスケッチ』の原型が作られたのは、発表よりも随分早く、小諸に赴任した二年ばかり後（三十三年末ころ）からであったが、初めはまったくの試作品で、発表しようという気持はなかったのではないかと推定される。それが、十年後に発表される運びとなったのは「七年間の小諸生活は私に取つて一生忘れることの出来ないものだ」（序）と語る懐しさも手つだったのであろう。「私はこれまで特に若い読者のために書いたことも無かつたが、斯の書はいくらかそんな積りで著した」（序）とも語っている。だから、今日残っている『千曲川のスケッチ』は、その時の形がそのまま原型をとどめているとは考えられない。随分手を加えた箇所があるはずである。

『千曲川のスケッチ』は、千曲川畔一帯の自然と人間を、ペンとノートを手に、精緻に観察した結果を写生したものである。自然の移り変わりを一木一草の末までも写し、農村社会の様々な断面をも描いた。自己を主情的にうたいあげるロマンチックな詩歌の世界から、人間や自然を客観的に描くリアリズムの世界へ移ろうと努力したのである。自らきびしい試練を課したわけであるが、これには、三宅克巳や丸山晩霞等の洋画家、ラスキンの『近代画家論』が影響していたことは生涯編でも述べた。

『千曲川のスケッチ』の一部は、自然主義樹立第一の作品と目される『破戒』の中に素描として取り入れられている。「私の書いたものをよく読んで居て呉れる君は何程私があの山の上から深い感化を受けたかを知らるゝであらうと思ふ」（序）と語ったのも、そのためであった。決して器用な技巧は用いず、簡素に、飾らず、ありのままに写した文章は、むしろ稚拙で鈍重な感じもする。『初恋』や『小諸なる古城のほとり』をうたった香り高い詩人の俤はどこにもない。しかし、極めてまじめな観察記録であり、その現実の把握力には、並々ならぬ努力のあとと、近い将来に自然主義のいち速い完成者たることを約束するだけの正確さがあった。それは、かつての詩情の幻影を追っていては、到底行きつけるものではなかったろう。極端な転向だっただけに、思い切りもまた極度のものを必要としたのである。

では、十二章六十五編のうち、比較的短いのを幾つか紹介して、『千曲川のスケッチ』の一面をうかがう材料としよう。

青麦の熟する時

学校の小使は面白い男で、私に種々な話をして呉れる。斯の男は小使のかたはら、自分の家では小作を作つて居る。それは主に年老いた父と、弟とがやつて居る。純小作人の家族だ。学校の日課が終つて、小使が教室々々の掃除をする頃には、頰の紅い彼の妻が子供を背負つてやつて来て、夫の手伝ひをすることもある。学校の教師仲間の家でも、いくらか畠のあるところへは、斯の男が行つて野菜の手入れをして遣る。校長の家では、毎年可成な農家ほどに野菜を作つた。燕麦なども作つた。休みの時間に成ると、私は斯の小使をつかまへては、耕作の話を聞いて見る。

私達の教員室は旧士族の屋敷跡に近くて、松林を隔てゝ深い谷底を流れる千曲川の音を聞くことが出来る。其部屋はある教室の階上にあたつて、一方に幹事室、一方に校長室と接して、二階の一隅を占めて居る。窓は四つある。その一方の窓からは、群立した松林、校長の家の草屋根などが見える。一方の窓からは、起伏した浅い谷、桑畑、竹薮などが見える。遠い山々の一部分も望まれる。粗末ではあるが眺望の好い、その窓の一つに倚りながら、私は小使から六月の豆蒔の労苦を聞いた。地を鋤くもの、豆を蒔くもの、肥料を施すもの、土をかけるもの、斯う四人でやるが、土は焼けて火のやうに成つて居る。素足で豆蒔は出来かねる。草鞋を穿いて漸くそれをやるといふ。小使は又、麦作の話をして呉れた。麦一ツカ――九十坪に、粉糠一斗の肥料を要するとか。それには大麦の殻と、刈草とを腐らして、粉糠を混ぜて、麦畠に撒くといふ。麦は矢張小作の年貢の中に入つて、夏の豆、蕎麦などが百姓の利得に成るとのことであつた。

南風が吹けば浅間山の雪が溶け、西風が吹けば畠の青麦が熟する。これは小使の私に話したことだ。左様言へば、なまぬるい、微な西風が私達の顔を撫でゝ、窓の外を通る時候に成つて来た。

第二章第一編めの全文である。全体は義塾の小使の話であるが、それに関連して色々なことが述べられている。小使の人物、教員が畠作りをしていることなど。また、教員室から望む小諸の風景、豆蒔きのことなど。いずれも短いが、その中に田園の情景、浅間山麓の感触がさりげなく描かれている。さらに南風のこと、西風のことなどは、土地に長く住んだ人間でなければ口にすることのできない、土地独特の季節感である。最後には、作者自身もしみじみとそれをかみしめている。

また、序において、「田舎教師としての私は小諸義塾で町の商人や旧士族やそれから百姓の子弟を教へるのが勤めであつたけれども、一方から言へば学校の小使からも生徒の父兄からも学んだ」と語った彼の、日常生活の一端をよくのぞかせている。ちょっとしたことも見逃すまいとする気分がありありとしている。ここには書かれていないが、彼は、こうして教え、学び、そのかたわらに自らも畑を耕したりしていたのである。

銀馬鹿と田舎教師　『何処の土地にも馬鹿の一人や二人は必ずある』とある人が言つた。

貧しい町を通つて、黒い鬚の生えた飴屋に逢つた。飴屋は高い石垣の下で唐人笛を吹いて居た。その辺は停車場に近い裏町だ。私が学校の往還によく通るところだ。岩石の多い桑畠の間へ出ると、坂道の上の方から荷車を曳いて押流されるやうに降りて来た人があつた。荷車には屠つた豚の股が載せてあつた。後で、私は彼の人が銀馬鹿だと聞いた。銀馬鹿は黙つてよく働く方の馬鹿だといふ。此の人は又、自分の家屋敷を他に占領されてそれを知らずに働いて居るともいふ。

第三章第三編めの『銀馬鹿』である。ここには、余りにも無知で馬鹿正直な男の姿が、短い言葉でさりげなく描き出されている。そこには批判も同情もない。ただ描き出しただけである。しかし、言外に「銀馬鹿」に対する人々のあさましい姿をも暗示しているのである。なかでも、重い荷車に坂道を押し流されるようにしておりて来る銀馬鹿の観察はあざやかである。普通の人が見逃すような所が、見事にとらえられている。

朝顔の花を好んで毎年培養する理学士が、ある日学校の帰途に、新しい弟子の話を私にして聞かせた。弟子と言つても朝顔を培養する方の弟子だ。その人は町に住む牧師で、一部の子供から『日曜学校の叔父さん』と懐かしがられて居る。

斯の叔父さんの説教最中に夕立が来た。まだ朝顔の弟子入をしたばかりの時だ。私（彼の誤りか）の心は毎日楽しんで居る畑の方へ行つた。大事な貝割葉の方へ行つた。雨に打たれる朝顔鉢の方へ行つた。説教そこ〳〵にして、彼は夕立の中を朝顔棚の方へ駈出した。

『いかにも田舎の牧師さんらしいぢや有りませんか』と理学士は斯の新しい弟子の話をして笑つた。その先生はまた、火事見舞に来て、朝顔の話をして行くほど、自分でも好きな人だ。

第五章第四編めの『田舎教師』である。話自体は呑気な牧師を中心にしているが、焦点は、話をしてくれた理学士に合っている。そして、藤村は、その両者を通して、いかにものんびりした善良な田園の気分を描き出しているのである。先の『銀馬鹿』と共に、極く短い文章であるが、実に気の利いた一文である。

落葉　木枯が吹いて来た。

十一月中旬のことであつた。ある朝私は潮の押寄せて来るやうな音に驚かされて、眼が覚めた。空を通る風の音だ。時々それが沈まつたかと思ふと、急に復た吹きつける。戸も鳴れば障子も鳴る。

殊に南向の障子にはバラ〳〵と木の葉のあたる音がして其間には千曲川の河音も平素から見るとずつと近く聞えた。

障子を開けると、木の葉は部屋の内までも舞込んで来る。空は晴れて白い雲の見えるやうな日であつたが、裏の流のところに立つ柳なぞは烈風に吹かれて髪を振るやうに見えた。枯々とした桑畠に茶褐色に残つた霜葉なぞも左右に吹き靡いて居た。

其日、私は学校の往と還とに停車場前の通を横ぎつて、真綿帽子やフランネルの布で頭を包んだ男だの、手拭を冠つて両手を袖に隠した女だのゝ行き過ぎるのに遇つた。往來の人々は、いづれも鼻汁をすゝつたり、眼側を紅くしたり、あるひは涙を流したりして、顔色は白つぽく、頰、耳、鼻の先だけは赤く成つて、身を縮め、頭をかゞめ、寒さうに歩いて居た。風を背後にした人は飛ぶやうで、風に向つて行く人は又、力を出して物を押すやうに見えた。

土も、岩も、人の皮膚の色も、私の眼には灰色に見えた。日光そのものが黄ばんだ灰色だ。その日の木枯が野山を吹きまくる光景は凄まじく、烈しく、又勇ましくもあつた。樹木といふ樹木の枝は撓み、幹も動揺し、柳、竹の類は草のやうに靡いた。柿の実で梢に残つたのは吹き落された。梅、李、桜、欅、銀杏などの霜葉は、その一日で悉く落ちた。そして、そこゝに聚つた落葉が風に吹かれては舞ひ揚つた。急に山々の景色は淋しく、明るくなつた。

第七章第三編めの『落葉』の三である。木枯しに焦点を合わせて、移りゆく季節の烈しさを描いている。都会に住む人はあまり知らないだろうが、地方に住む人ならば少なからずこの経験をもっていることと思う。冬から春へ、秋から冬への移行期になると、かなり強い風が連日吹きあれることがある。これは、特に山間の地方に著しい。山鳴りとか沢鳴りとかいうのである。

ここで藤村が書いているのも、そうした田舎特有の季節感である。初めは、風の音を中心に、聴覚による周囲の情景をとらえている。作者は部屋の中にいてまだ戸外の景色をみていないのである。波が寄せてはかえし、かえしては寄せるように吹きあれる風の様子、その間のわずかな静寂をぬっていつもより近く聞こえる川の音、風に舞う木の葉、それらが無駄なく見事にとらえられている。

それから、作者は障子を開けて戸外を見る。晴れている空、白い雲、柳や桑畑の様子などがつぎつぎと正確にとらえられている。

それから、描写は一変して町の模様を伝える。人々の服装、仕草、状態などが、ありありとこの風の強烈さを物語っているではないか。寒々とした風景は灰一色のような印象すら与え、砂埃りのためでもあろう、太陽すら黄ばんで見えたのである。そして最後に、散り残っていた木の葉もほとんど吹き落とされた周囲の光景は、寂しくなったが、またかえって明るくもなったといって結んでいる。これも、地方に住んだことのある人ならば、誰でもなるほどとうなずけるところである。

ここには、まんべんなく注意深い目をくばった作者の、無駄のない記録がいかんなく発揮されている。さらに、さきにあげた三編をもあわせて考えてみたまえ。ここに、かつての抒情詩人藤村の姿を見出すことができるだろうか。自然にせよ人生にせよ、主情的に自己を歌いあげた詩人の姿を見出すことができるだろうか。ここには、まったく反対に客観的に対象をとらえようとする写実家藤村がいる。それは、自然科学者と相通ずる態度である。文学において自然科学者たらんことを期したのが自然主義の文学であるが、彼にはすでにその俤（おもかげ）が宿っているのである。

こうした、『千曲川のスケッチ』に見せたような手練を積むことによって、藤村の小説修業は着々と実を結び、『旧主人』や『水彩画家』など数編の短編小説を発表した後、『破戒』へと進んで行くのである。

「破　戒」

明治三十九年三月、『緑蔭叢書』第一編として上田屋から自費出版した、小説転向後第一番めの長編で、しかも出世作である。「蓮華寺（れんげじ）では下宿を兼ねた」という書き出しにはじまり「沈黙三年」後の藤村が、『旧主人』『水彩画家』などの短編を発表して後間もなく、明治三十七年から翌三十八年にかけて書きあげた力作であるのは、生涯編に述べた。ちょうど日露戦

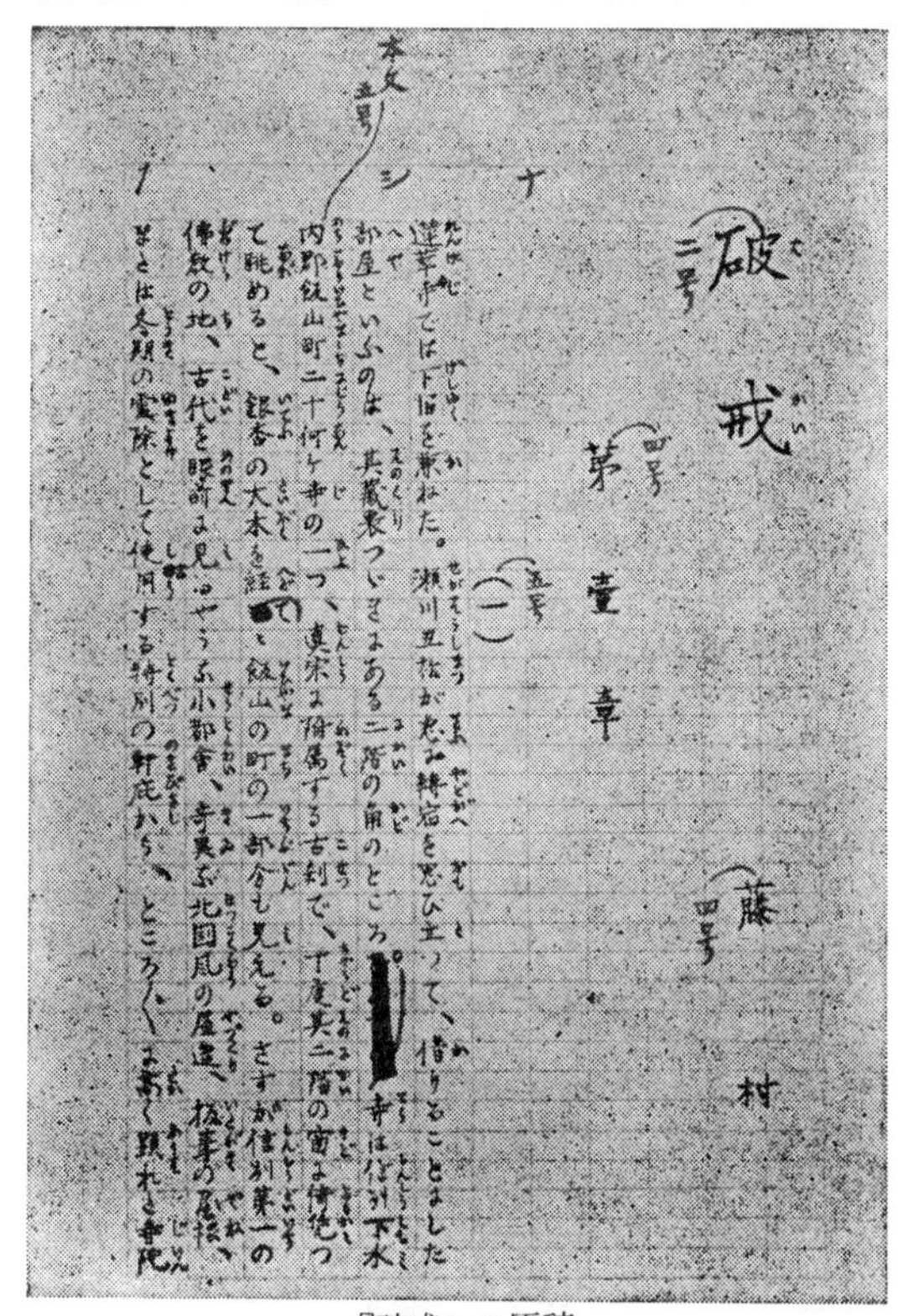

破戒　　藤村

第壹章

（一）

蓮華寺では下宿を兼ねた。瀬川丑松が急に転宿を思ひ立つて、借りることにした部屋といふのは、其蔵裏つゞきにある二階の角のところ。寺は信州下水内郡飯山町二十何ヶ寺の一つ、真宗に附属する古刹で、丁度其二階の窓に倚凭つて眺めると、銀杏の大木を経てゝ飯山の町の一部分も見える。さすが信州第一の仏教の地、古代を眼前に見るやうな小都会、奇異な北国風の屋造、板葺の屋根や、冬期の雪除として使用する特別の軒庇から、ところどころに高く顕れた寺院

『破戒』の原稿

争とともに歩んだ作品ということができる。

刊行会版『藤村全集』第一巻に収められた時には初版のままであったが、その後、昭和四年新潮社刊『現代長編小説全集』第六巻に収められるにあたって、著者自らの手で大幅に改訂され、以後、『藤村文庫』第十編、新潮社版『島崎藤村全集』第三巻に収められたものはみなこれをとっている。刊行会版以後で初めて初版本のままを収録したのは、昭和二十八年筑摩書房刊『現代日本文学全集』第八巻である。しかし、初版も改訂版も内容上の大勢からの大きな相違はない。藤村の作品中でも、『藤村詩集』『夜明け前』などと並んだ代表作であるから、たいていの全集、選集、文庫本等に収載されているので、諸君が手に入れたいと思えば容易に手に入るはずである。

では、まず『破戒』のあらすじを要約し、それから、解釈、鑑賞にはいろう。ちなみに、「破戒」とは、文字通り「戒め（いまし）を破る」という意味である。どんな風に、どんな戒めを破ったのかじっくりと噛（か）みしめてみよう。

あらすじ

初版では、「蓮華寺（れんげじ）では下宿を兼ねた」という冒頭文で始まり、改訂版では、「蓮華寺（れんげじ）では広い庫裏（くり）の一部を仕切つて、下宿するものを置いてゐた」という冒頭文に始まっている。

瀬川丑松（うしまつ）が突然ここに引越して来たのは、もとの下宿で、大日向（おおひなた）が部落民の素性が暴露して宿を追われたのを、まざまざと見せつけられたためであった。彼もまた、同じ身のうえの人間だった。父からあくまでも素性を隠せと教えられて来たし、彼自身もそのつもりでいる。もし、身分がばれるようなことがあれば、社会的地位を失うばかりでなく、暗い日陰の一生を送らねばならない。もちろん、現在の小学校教員もやめさせられるだろう。大日向同様に土地を追われるかも知れない。

丑松は、自分の素性を隠している虚偽と卑屈さに堪えがたく、そうしなければならない社会的偏見の不合理を憤るが、かといって、昂然と立ち向かって行くだけの勇気も実力もない。ただわが身の宿命をのろいかつ憐れむだけの毎日が続いている。彼には、僚友銀之助があり、蓮華寺の養女お志保があるが、それらの友情も思慕も、その苦悩を癒すことはできない。

丑松が常日ごろから尊敬している先輩に、猪子蓮太郎がいる。同じ部落出身の男だが、堂々と身分を公表して社会的偏見と闘っている。丑松は、その著書を読み、講話を聞くごとに、わが身の卑屈さがかえりみられるが、社会に挑戦する勇気はおろか、素性を告白する勇気すらわいて来ない。そんな彼も、銀之助やお志保から見れば、単なる青春の憂鬱程度にしか見えない。そんなある日、病軀をおして解放運動に奔走していた蓮太郎が、強硬な反対派の暴漢に刺されて死んだ。

この時、丑松の心は決まった。彼は、父の戒めを破り、生徒たちの前に深く頭をたれ、身分をあかし、これまでの欺瞞を詫びた。生徒たちは引きとめようとしたが、見えすいた旧弊な土地の風俗に背をむけた彼は、一切を捨て、大日向の経営するテキサスの農場で働くため、新生の地を求めて日本をあとにした。その日、銀之助と共に彼を見送るお志保の姿があった。やがては、彼の妻となる女性であった。

解説・鑑賞

『落梅集』を最後の詩集として「沈黙三年」の後に散文に転向した藤村は、『旧主人』『水彩画家』など数種の短編を発表して着実な伎倆を見せたが、それらはあくまでも習作の域を出るものではなかった。『破戒』は、それらの習作についで目論まれた最初の長編で、しかも、習作から飛躍するために、かなりの労苦――長い時間と多くの犠牲――を払った作品である。

時代は、ちょうど日露戦争の時で、明治も、初期の西欧文化の移入期、二十年代の整理期を経て大きく飛躍しようとしていた。それは文学においても同じことがいえた。二十年代にまじめな芸術としての文学が意識され、さっそく「文学界」を中心にした詩歌の世界で完成をいそいだが、文学の中心とさえ見做されている小説界では、まだ実現を見ていなかった。そのかわり、三十年代の中期に、大きな運動としての小説改革の機運が盛りあがってきたのであった。これが、自然主義の運動である。田山花袋が闘将として奮戦していたが、まじめに人生を眺め、あるがままの人生をとらえ、それによって人生を考えようとするその趣旨は、多くの時代の青年の心をとらえた。藤村が小説転向と同時に目論んだ写実主義は、はからずもその機運にマッチしていた。それが、彼の気持を一層張りのあるものにし、『破戒』にかけた決意と努力をも並大抵のものではなくした。そして、それは見事に実を結んだのであった。

これによって、藤村は作家としての地位を確立したのであるが、また、翌明治四十年九月、「新小説」に発表された田山花袋の『蒲団』と共に、日本の自然主義文学を樹立した歴史的な作品ともなった。執筆中から文壇での評判にのぼった程であるから、発表後の反響は大変なものであった。さっそく、正宗白鳥が『破戒を読む』（明治三九・四・二九・読売新聞）を書き、島村抱月が『「破戒」を評す』（三九・五・早稲田文学）を書いた。彼らは、同派の一員として賛美をおくったのであったが、山本柳葉が『藤村の破戒』（同・二・二六・新聞）を、与謝野晶子が『小説「破戒」』（三九・五・明星）を、石橋思案が『文壇近来の快事――小説破戒を手にして』（同・文芸倶楽部）を書き、その他にもたくさんの『破戒』論が出ているが、ほとんど、悪評を筆にする者のなかったことでも、『破戒』一編をもって社会に投げた藤村の波紋の実情が想像される。小山内薫がさっそく脚色して舞台にのせたことは生涯編にも述べておいた。

　ところで、『破戒』の題材については、作者自らが明らかにしているように、実際のモデルがあった。彼は、長野の師範学校の心理学の先生で、頭脳もよく、人物も立派であったが、あいにく部落出身だったために悲惨な晩年をおくった。その人が死んだ時は、心ある人々が深く悲しんだという。これが丑松の原型である。また、はじめの方に挿話としておりこまれている、金持の部落民大日向が追放される話も、実話であった。これは、長野県ではなく新潟県での事件であったが、藤村は、「彼様いふことは有勝に思へる」といっている。もちろん、猪子蓮太郎にもモデルがある。小林郊人の『破戒のモデル』に詳しいが、大江磯吉という人の伝記をそのまま借りたのだという。

　丑松の姿には、後にも述べるが、藤村自身の影もやどっているが、色々の実話をかき集めて一つの人物に創造したものであるのは間違いない。彼は、単に部落出身だという理由だけで、不当な非人間の扱いをうけ、有能な青年たちが日陰で萎えて行く旧弊な社会的偏見の不合理を見聞するにつけ、不幸な彼らに同情し、封建性の名残りを憤る義侠心にかりたてられたのであろう。『破戒』そのものは部落民解放のためにを主意として作られた作品ではないが、人間性の解放を要求するという趣旨を一層切実にはらんでいるという点もあって、かなり緻密に研究してとり入れたものと思われる。

また、『破戒』には、小諸や飯山あたりの自然と農村の風土や生活が、多彩な格調高い筆致で描き出され、牧歌的な雰囲気さえ感じられる。いってみれば、こういう所に抒情詩人藤村の俤が消え残っていて、内に秘めた浪漫的な情熱を漂わせているのだと解釈されるが、ここに『破戒』の若々しさがあり、今日なお多数の読者を失わずにいる原因ともなっているのである。また、人物もよく描き分けられ、小学校教員、農民、僧侶、田舎政治家など、それぞれが自らその職業や階層の人物らしい雰囲気をもち、それが一群となって土地の色彩をもりあげている。方言を盛りこんだのも一段と効果的であった。たとえば、

「寂しい晩秋の空に響いて、また蓮華寺の鐘が起つた。それは多くの農夫の為に、一日の疲労を犒ふやうにも、楽しい休息を促すやうにも聞える。まだ野に残つて働いて居る人々は、いづれも仕事を急ぎ始めた。今は夕靄の群が千曲川の対岸を籠めて、高社山一帯の山脈も暗く沈んだ。西の空は急に深い焦茶色に変つたかと思ふと、やがて落ちて行く秋の日が最後の反射を田の面に投げた。向ふに見える杜も、村落も、遠く暮色に包まれて了つたのである。あゝ、何の煩ひも思ひ傷むことも無くて、かういふ田園の景色を賞することが出来たなら、どんなにか青春の時代も楽しいものであらう。」（四章より）

という一文を見てもわかる通り、ここには、牧歌的な抒情性があり、詩人藤村のころの詠嘆的な趣がある。

文体そのものも、詩的な格調高いスタイルである。しかし、反面には、詩人時代の文語調はまったく見られず、完全な口語文でつらぬかれている。これだけでも画期的な作品だったといわなければならない。

さらに、詠嘆的格調を残しているといっても、内容は、『千曲川のスケッチ』その他で存分に試練を積んだ、見事な描写を遺憾なく発揮している。黄昏（たそがれ）の田園情緒を、単に詩的な感覚で眺めているのではなく、注意深い目が四方にくばられているのである。そこには主観的な感傷はまったくみられない。また、例を引こう。

「これ、丑松や、猪子といふ御客様がお前を尋ねて来たぞい。」かう言つて叔母は駈寄つた。

「猪子先生？」丑松の目は喜悦（よろこび）の色で輝いたのである。

「多時（はるか）待つて居なすつたが、お前（めえ）が帰らねえもんだで。」と、叔母は丑松の様子を眺（なが）め乍ら、「今々其処へ出て行きなすつた――ちよツくら、田圃の方へ行つて来るツて。」かう言つて、気を変へて、「一体あのお客様は奈何（どう）いふお方だえ。」

「私の先生でさ。」と、丑松は答へた。

「あれ、さうかつちや。」と叔母は呆（あき）れて、「そんならそのやうに、御礼を言ふだつたに。俺はへえ、唯お前の知つてる人かと思つた――だつて、御友達のやうにばかり言ひなさるから」（八章より）

これは、地方色を生かした部分である。方言が適度に折りこまれ、言葉のはしばしにも地方人の木訥（ぼくとつ）な性癖をよく描いている。『破戒』を、農村小説、郷土小説のはしりと見る人がいるのも、こういう箇所がめだっているためであろう。

さて、『破戒』は、部落民の地位や生活状態に即して、社会的偏見に蔽われた悲惨な人生に対する一青年の煩悶を中心に、それを取りまく様々の人間を描いて、そこから新しい時代への要求を表示した作品である。ここには、社会的にも個人的にも共通の問題が含まれている。つまり、部落出身の一青年に焦点をあわせれば、単なる社会問題を扱った小説であるが、その一青年の中に投射されている作者自身の影を考えあわせれば、同時に個人的な小説としての一面ももっていることになる。つまり、作者は、社会問題に舞台を借りて、社会的偏見に対する個人の立場――社会と個人の相剋――を描こうとしたのである。

しかし、その意図は、明治という時代的ハンディもあって、強い形として表現するのは余りに冒険すぎた。結局、社会的偏見に対する個我の挑戦を描きながら、それが個人の内面の葛藤におちいってしまったのは、そのためであろう。そこから、告白の問題も起こってくる。社会的偏見の中ではあっても、欺瞞によって生きる自己への恐れ、あわれさ、心苦しさによって煩悶し、ついには公然と告白するにいたるのだが、いってみれば、ここに最大の抵抗があるのだとも考えられる。つまり、不利を押し切って告白するところに『破戒』最大の抗議があるわけである。藤村自身が後に、「眼醒めたる者の悲しみ」という言葉で表現したが、旧弊な偏見の濃い時勢の中で、いち速く内面的にめざめた個性の煩悶がありありとうかがえる。北村透谷の自殺を考えてみたまえ。彼もやはり、目覚めた自我と旧弊な外界の不調和によって自らの生命を断ったのである。今や藤村も同じ思いを味わっていたのである。だから、青年丑松は、藤村自身の姿をも象徴していたことになる。それが強く外界へ押し出されず、内面の葛藤となったのは、明治という時点では致しかたない事情と考えなければならない。消極的に、しかしそれなりの抗議は加えられている所を十分に汲まなければならないだろう。

ところで、『破戒』には、外国文学からの影響も、在来の研究者によって多々指摘されている。一つは、作者自身が認めている、ドストエフスキーの『罪と罰』の影響であり、一つはかつて愛読したルソオの『告白録』の影響である。いずれも、内面の葛藤、苦しい告白という点に著しくあらわれている。いち速く内面的に目覚めた個性の煩悶が、告白することによって救われようとしたのであって、その告白の偉大さを西欧の先輩たちによって示唆(しさ)されたのである。

この告白の欲求は、以後、藤村文学に重要な要因となっていく。『春』『家』から晩年の『夜明け前』まで、ずっとこの傾向が秘められていく。その意味からも、『破戒』は小説家藤村にとって記念すべき作品であった。また、過去、未来ともに藤村文学の種々の要素が折りこまれている点でも同様である。あの『初恋』の要素があり、『夜明け前』にみせた父への郷愁があり、収穫や屠殺場や飯山行きなどの『千曲川のスケッチ』の描写がある。たびたびいって来たように、藤村の渾身(こんしん)の力をふりしぼった作品だったことを如実に物語っているのである。

春

『春』は、明治四十一年四月七日から八月十九日まで、百三十五回にわたって、「東京朝日新聞」に連載された。藤村最初の新聞小説であり、第二の長編小説である。初版は、同年十月『緑蔭叢書』第二編として上田屋より自費出版された。刊行会版『藤村全集』第四巻、『藤村文庫』第四編、新潮社版『島崎藤村全集』第四巻、その他、筑摩書房版『現代日本文学全集』第六十巻、文庫本各種等たいていの全集、選集には収録されている。

あらすじ

新しい文学に志す、若い情熱にもえる一群の人々があった。明治の中期、近代日本が息吹(いぶ)いてまだ日も浅いころであった。ある年の夏、青木駿一、市川仙太、菅(すげ)時三郎の三人は、東海道の富士のふもとの宿屋で、長い関西漂泊の旅を終えて舞い戻って来る岸本捨吉を待ちうけていた。岸本は旅にやつれて友人たちの前に姿をあらわした。三人の出迎えのうち、青木はすでに妻子があり、岸本のよき友人であり、またよき指導者でもあった。

岸本は、古い田舎の大家の末子として生まれた男であるが、幼い時から自ら恩人とよぶ人のもとにあずけられて成長した。その彼は今生涯を決する程の危機に立っている。以前教えていた女学校の生徒の一人である勝子に烈しい恋慕を抱いたのである。西国へ向けて独り寂しく旅立ったのもそのためであったが、帰ってみると、恋心は癒えないばかりか、苦悩は増すばかりである。

岸本は、再び決意を固めると、頭を剃り、法衣をつけて東京を去る。そして暗い海岸に佇んだが、意気地なくもそのまま引きかえして来た。

そうしたある年の五月、高踏する浪漫主義の思想とそれを相入れない社会の現実との矛盾に絶望し、闘い疲れた青木は、神経衰弱がこうじてついに自ら若い生涯を閉じてしまう。月の明るい夜であった。………青木の自殺は、仲間たちにとって大変なショックであった。特に、師ともあおいで慕った岸本にとっては。………そうするうち、勝子は岸本に別れを告げて、結婚のため郷里へ帰ってしまった。岸本の苦悩は一層深刻になった。

市川、菅、岡見兄弟らも、それぞれの悩みをもっているが、岸本ほどではない。しかしそのころから、彼らにとって、仲間の中から死者が出たことがかえって大きな刺激となっていった。めいめいが志す方向へ突進しようとした。岸本は、長兄の過失から、長兄に代わって一家の面倒を一手に引き受けねばならなくなるが、やがて、新しい人生を期待し、一時は思い切った教師の仕事を求めて東京を離れ、ある東北の学校へ赴任してゆくのであった。雨にぬれる汽車の窓に顔を寄せた岸本は、「あゝ、自分のやうなものでも、どうかして生きたい」と、深い溜息をつくのであった。

モデル

この長編小説『春』は、作者自身の身のうえに題材をとり、自伝小説のはしりとなったことはすでに承知であろう。前章の『破戒』も作者自身の精神を反映した、青春の哀愁を描いた作品であったが、『春』こそが青春を描き、青春を考察した作品であったといえる。

『春』執筆当時の藤村は三十六歳であったが、彼は、十五年昔にさかのぼって、「文学界」時代の自己と仲間たちとを小説の世界に再現しようとしたのであった。小説の時代的範囲は、明治二十六年七月、鈴川の宿で関西漂泊の旅の帰途を北村透谷らの一行が待ちうける所から、明治二十九年九月、東北学院教師として独り仙台へ赴任するまでの、凡そ三年間の事件を記している。藤村が二十一歳から二十四歳までの時期である。中心はあくまで藤村であるが、「文学界」の同人や作者の家族なども多々登場する。いわば、根底に実録をもった小説であって、そこから当然、生きたモデルが存在したのである。主要人物だけ実名を記しておこう。

岸本捨吉	二一～四歳	島崎藤村	足立	二三～六歳	馬場孤蝶
青木駿一	二五～六歳	北村透谷	岡見（兄）	三一～四歳	星野天知
市川仙太	二〇～三歳	平田禿木	岡見清之助	二四～七歳	星野夕影
菅時三郎	二三～六歳	戸川秋骨	福富	一九～二二歳	上田敏

これは、「文学界」同人たちの『春』中の名前と、当時の年齢である。また、身辺の人物については、次の通りである。

田辺の小父（おじ）さん	吉村忠道	勝子	佐藤輔子

お婆さん　　　　忠道の母　　　岸本民助　　　島崎秀雄

その他の人物は割愛する。興味のある人は生涯編と照合して読まれるとよい。必要な人物はたいてい判明するはずである。しかし、文学の作品は歴史的な読物とちがって、あくまでも作品にそって味わえばよいので、必ずしも厳密に事実を追求する必要はない。藤村も『春』の中では多少事実をまげたり、脚色を加えたりしているが、『春』が文学作品である以上当然の処置といえるだろう。一応、そのことを念頭においておく必要がある。

解説・鑑賞

『春』は、「人生の春」「理想の春」「芸術の春」をあらわそうとした作品であるが、それは「文学界」派の青年たち（作者自身も含めて）の若々しい活動や思想を再現することによって、明治二十年代の新しい日本の思潮と現実とを、藤村の立場から考えなおそうとしているのである。そして彼は、たくさんの男女を描くことによって、ただ単なる一典型としてではない、多種多様な青春像を展開し、その上で、彼らの精神に、あまねく新しい日本の先駆者としての姿を見ようとしたのである。彼らは、社会革命を目論むほど過激な一派ではなかったが、明らかに一種の精神革命を謀ったのであった。そもそも、古来の伝統にとらわれず、自由奔放な思想活動や実生活の活動を標榜（ひょうぼう）するのが浪漫主義の神髄である。そのためには何よりもまず個人の解放がなされなければならない。しかし、近代に向かって出発したといっても、明治の世はまだ封建的気風のぬけ切らない、旧弊な閉ざされた時代であった。彼らの新時代の精神がそのまま素直にむかえられるはずはない。そこには、先駆者なるがゆえの、数々の抵抗、艱難（かんなん）が存在し、数々の苦悩や悲劇が伴った。それは、彼らの一人に、「吾儕（われら）はすこし早く生れて来過ぎたんぢや有るまいか」とすらいわせるのである。いち早く目覚めた者の悲しみがにじみ出ている。

彼らの中には、「理想の春」に欺かれて自殺する青年があり、「芸術の春」を求めて失敗する青年がある。ただ、「人生の春」は、単なる憧憬にとどまり、ついに描かれずにしまった。しかし、いずれにしても彼らの春が浪漫的に熱しながら、反面、憂愁と苦悩にみちた春であったことに相違はない。

ところで、『春』は、捨吉を中心にしている（前半はむしろ青木に焦点がある）とはいっても、その中に多くの準主人公をもち、それらが有機的に結合して一つの主題を構成しているのであって、特定の一貫したプロットは構えていない。題材の中にも事件はあるが、それも事件から事件へ興味を継ぐためのストーリイの一部ではなく、『春』の主題を表わす一現象として、また、主題を調和のうちに象徴する一要素として描かれているのであって、必ずしも順序だたなくてもよい。一体渾然となって主題の雰囲気をかもし出すのである。『春』はまた、『破戒』にくらべて会話体が多く、それによって、明治二十年代という明け切らない社会の中で生きる目覚めた青年たちの姿——思想や生活——の移り変わりを印象的に読ませようとしている。筆致も憂鬱でどこかに浪漫的な香りが残っていないでもない。藤村の散文中でもかなり柔和で、感慨深げな印象がある。藤村自身の捨吉は、後半の透谷の青木が自殺した後の部分になると、回想ふうに綴られていくが、ここにはかなり主情的な傾きもみられる。ここに、『春』を自伝小説のはしりとする根拠があるわけだが、虚構的創作を主にした『破戒』からいきなり私小説的な『春』を執筆するにいたったのは、注目すべき出来ごとである。

これは、明らかに田山花袋の『蒲団』の影響だという人があるが、藤村自身、『春』は『破戒』執筆の当時からすでに胸中にあった作品だといっている。そうすれば、『蒲団』よりは早くから腹案として存在していたことになるので、多少の影響はとも角、全体を左右される程の影響があったとは考えられない。それより、『破戒』において、青年丑松の中に自己の姿を投射した彼の、告白の喜びにつながる一面が強調されていることを考察しなければならない。『春』にはまた、『破戒』ほどではないが、同じような社会的意図が含まれているのである。ここには『破戒』と『家』の間にはさまれた『春』の姿が位置づけられる。目覚めた精神の悲しみとともに、旧弊な家の圧力、家系のわずらわしさ（そこには、家系を誇るような矛盾もある）が重苦しくのしかかっている。この時、次作『家』の意匠は判然と胸中に具体化されたであろう。

その点からも、『春』は、『破戒』からひき続いて、浪漫主義から自然主義へ移行する過程での一作品であるということが出来る。文壇的には、自然主義は完成されたかのように定義づけられていたが、細かく見て行くとまだ浪漫主義時代の俤（おもかげ）は残っていたといわなければなるまい。あるいは、題材そのものが青春の記念としての「文学界」の浪漫主義時代を取り扱ったためかも知れない。それによっても、藤村の自然主義が必ずしも花袋が唱導した自然主義と同一のものではないことがわかる。花袋の露骨な描写は、彼にとっては余り必要がなかった。たんねんに現実をとらえ、空想を排して行くのが、藤村の自然主義だったのである。

「家」

『家』は、前編と後編にわかれ、前編『家』は明治四十三年一月から五月四日まで、百十二回にわたって『読売新聞』に連載され、後編『犠牲』は翌年一月と四月の『中央公論』に分載され、のちに終章を書き加えて完成となった。藤村第三番めの長編小説である。初版は、完成した年の十一月、『緑蔭叢書』第三編『家』上下二巻として上田屋より自費出版された。刊行会版「藤村全集」第六巻、『藤村文庫』第五編、新潮社版『島崎藤村全集』第五巻、その他、筑摩書房版『現代日本文学全集』第六十巻、文庫本各種等、多くの全集、選集に収録されている。

あらすじ

小泉家の長女お種(たね)は、橋本達雄に嫁いで正太、お仙の二人の子供を生んだが、お仙は生まれた時から頭脳を傷めている。お種の弟実(みのる)は父忠寛(ただひろ)のあとを継いで、妻お倉との間にお俊(しゅん)・お鶴の二女があり、次弟森彦は母の実家である小泉家を継いでお延(のぶ)・お絹の二女がある。その弟宗蔵は病気のため廃人同様である。末弟の三吉はまだ若く、正太とほぼ同じ年代である。この複雑な大家族の人々の生活の歴史をつづったのが『家』である。

若いころから学問に志をたてた三吉は、兄の家を出てお雪という女を妻にむかえ、信州小諸に学校教師として赴任して行く。お雪の生家の名倉家はまた別の大世帯をかまえているが、三吉は、ある時ふと、お雪が、妹お福の夫となるべき勉と恋愛感情をかわしたことのあったのを知ってしまった。三吉にも、女友だちの曽根があるが、苦しい煩悶の毎日をおくり、一時は家庭を破壊しそうにさえなるが、やがて自らも女友だちとの交際を断ち、妻に勧められて家庭生活にはいる。

姉お種の家でも、正太が豊世(とよ)を妻にむかえたが、当主達雄は事業の失敗から家をとび出してしまった。お種は、夫の遊蕩生活からわるい病気をうつされて神経までそこなってしまうが、それでも夫を忘れることができない。また、達雄の事業には実も加わっていたので、小泉家はすっかり資産をつかいはたしてしまった。また、森彦の方の小泉家も森彦の家をかえりみない義侠心から資産をなくし、みな故郷をすてて都会の生活にはいって行く。苦しい生活が続く。

そして七年ほど過ぎる。三吉とお雪の間には、三人の娘も生まれ、彼も、新しい仕事に大きな期待をよせて、長かった小諸の生活に終止符をうち、家族をひきつれて再び都会の生活の中にかえって行く。(以上上巻)

都会に出た三吉は、苦労——精神的にも肉体的にも——のあげくにようやく作りあげた小説が世に出るや、大変な評判となった。彼の前途は洋々としているかに見えたが、まもなく三人の娘は次々と世を去ってしまう。三吉の身のまわりでは、家庭の中も、小泉家——兄たち——も恐ろしい嵐に吹きまくられている。

正太と豊世の仲は不和であり、兄たちは、挽回を期して何度も事業に手を出すが、そのたびに失敗をくりかえしている。まだ、彼には妻お雪と勉との関係の疑惑が尾を引いている。それらはいずれを取ってみても、三吉を苦しめないものはない。

名倉の父母と妹たち、三吉の恩人の一家、正太の友だちの誰れ彼れ、そして実や森彦の娘たち、そうした複雑な人間関係の中で、三吉の悩み多い生活は変わることなく続いて行く。

そうするうちにも、若い三吉は妻と新しい家をいとなみ、また子供たちもできた。しかし、多難な生活は同じように続いていた。（以上下巻）

モデル

あらすじを読めばすぐわかるように、『家』は、藤村の一族を題材にした自伝的な小説である。年代は、明治三十一年夏から同四十三年夏にわたる満十二年間の事件を取り扱っている。藤村の年齢にして、二十六歳から三十八歳までになる。内容の範囲としては、仙台から帰って音楽学校に通っていたころから、妻冬子が柳子を生んでまもなく他界する少し前までの時期で、生涯編とくらべて見れば、ほぼ事実に等しいものであるのがわかるだろう。

藤村は、その間の苦悩に満ちた自己の人生を芸術化して、何らかの記念としようとしたのであった。そのため、登場人物は殆んど実在の人物で、ただ名前が変わっているにすぎない。この点は、『春』の場合と同じであるが、スケールはそれよりも大きいといえる。『春』が三年間の出来事を書いたものであったから、十二年間の『家』はちょうど四倍の時間をもち、小説それ自体の長さも凡そ二倍になっている。さらに、事実に忠実であろうとしたのは、『春』の場合以上である。

やはり、この『家』においても、諸君は、事実を知った方がおもしろ味の出てくる面もあるだろうが、余りとらわれすぎると、小説としての本来の風味が半減する恐れも考えられるので、それほど事実に拘泥する

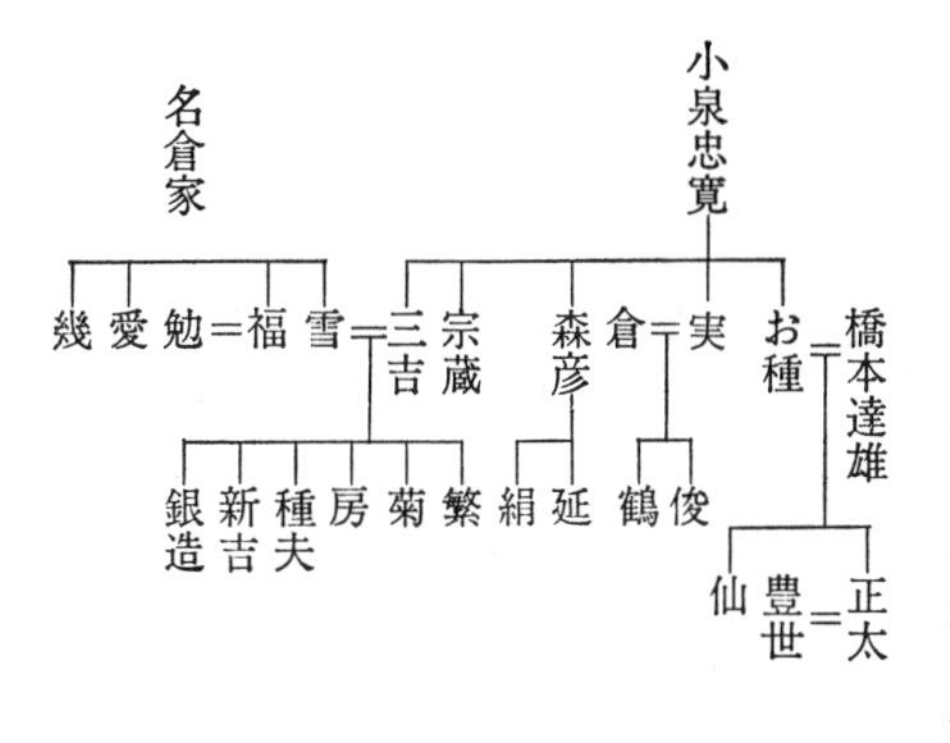

『家』の三家家系図

家系図主要人物実名一覧表

小泉忠寛	島崎正樹
〃　実	〃　秀雄
〃　俊	〃　いさ
〃　鶴	〃　蔦子
〃　森彦	〃　広助
〃　延	〃　ひさ
〃　絹	〃　こま子
〃　宗蔵	〃　友弥
〃　三吉	〃　春樹
〃　雪	〃　冬子
橋本達雄	高瀬薫
〃　種	〃　その
〃　正太	〃　親夫
〃　豊世	〃　みさを
〃　仙	〃　田鶴
名倉老人	秦敬治
〃　福	〃　滝子
〃　勉	〃　入一

『家』のモデルとなった人々
木曽福島高瀬家の庭で明治31年夏撮影
後列左より3人め藤村、中央、姉その

必要はない。しかし、興味ある人のために、登場人物中、主人公三吉の一族の家系図を作り実名と照らし合わせておこう。（前図）

また、曽根という名で出てくる女性は、音楽学校の助教授であった橘糸重のことである。その他、大島先生の名で登場する巌本善治、直樹の名で登場する吉村樹など、生涯編ですでにおなじみの人物が多い。

これらの人物が作中でどんな役目をはたしているかは、先に書いたあらすじを見ればだいたいの見当はつくであろうが、つぎに、もっと詳しく分析し、そこから主題を考え、作者の意図、その効果等を考え、味わって行こう。

解説・鑑賞

前述のように『家』の題材は、藤村をめぐる島崎・高瀬二大家の運命に、妻の実家である秦家をからませたものである。また、『家』の腹案が『春』執筆中からできていたらしいことも、前章『春』の解説・鑑賞の項で述べておいた。つまり、『春』においていち速く目覚めた者の悲哀を書いているうちに、その旧弊な時代背景の一端として存在する家族関係の問題につきあたったということである。『春』の後半分が特にその問題をはらんでいたところから、それを単独でとり出して吟味する作品、即ち『家』の出現は、ある意味では当然だったといわなければならない。

このように、『家』は成立の上からも、題材の上からも、『春』につぐ自伝的作品である。しかし、作品としての『家』は必ずしも『春』と同性格のものとはいえない。『春』の主人公岸本捨吉が『家』では小泉三吉になっているのであるが、前者は、青春の様相を描くための「文学界」同人を背景とし、後者は、新時代の激流にあえぐ自家と血縁の歴史を背景としている。また、前者で一介の浪漫的な青年であった捨吉は、後者では生活にあえぐ一家の主人になっている。つまり、青春の情熱に焦点を合わせたのが『春』であるのに対して、広く一族を見わたして旧家の悲しみをとらえようとしたのが『家』であった。ここから、自然に『家』のテーマの性格も暗示されている。

「家」といっても、今日ではさして重大な響きはもっていない。たいていは近代的家族、夫婦中心の家族を意味するようになっている。ところが、当時の「家」は、封建的な家族、家長中心の家族、さらに極言すれば、家名中心の家族を意味していたのであった。

維新以来、めざましく近代化の歩みを進めていたにも拘らず、日本人の人間関係は、そのまま封建的な気風を残していたのである。それが家族制度であり、この制度が絶対的な政治機構の支えとなっていた。天皇と国民、上司と部下、家長と家族と、権力の序列が判然と打ち出され、命令と服従の関係が強制された。なかでも、家長と家族の序列こそが、最終的には、天皇と国民の関係を裏打ちする基底だったのである。当時の「家」には、それだけの重大な意味が含まれていた。単なる生活単位の「家」ではなく、大きな組織の中の細胞としての「家」であった。

そうした反面、目覚めた人々によって近代的な「家」が欲望されだしたのも、やはり一つの事実であった。個人の解放や個性の尊重を憧憬し、渇望する人々は、そうした社会機構への反撥を表示したのであった。そして、彼らは大きな時代の壁にぶつからねばならなかった。藤村も、そうした時代人の一人であった。一方に、近代精神と生活への憧れをもち、一方に、滅びゆく旧家ゆえの苦悩につきまとわれる彼の実感の中から、『家』が生まれたのである。だから、彼が意図した問題も、当然そこから出発していた。『家』では、橋本家の模様から描いているが、この描きかたに大きな特徴がある。藤村は、『折にふれて』の中で次のように当時を回顧している。

「家」を書いた時に、私は文章で建築でもするやうにあの長い小説を作ることを心掛けた。それには屋外で起つた事を一切ぬきにして、すべてを屋内の光景のみに限らうとした。台所から書き、玄関から書き、庭から書き出してみた。川の音の聞える部屋まで行つて、はじめてその川のことを書いて見た。そんな風にして「家」をうち建てようとした。なにしろ上下二巻に亘(わた)つて二十年からの長い「家」の歴史をさうい

ふ筆法で押し通すといふことは容易でなかつた。出来上つたものを見ると、自分ながら憂鬱な作だと思ふ。（市井にありて、所収）

実際に屋内の事件のみで長編を綴るというのは大変なことであったろうし、必ずしも初めの志向通りを敢行したわけではないが、多少のものを除けば、ほぼ予定の線を貫いたといえる。しかし、ここで注意しなければならないのは、屋内の描写に焦点を合わせながらも、事件（題材といってもいい）に空間的な広がりのあることである。出入りする人々によって屋外の事件が語られ、情景が語られる。しかも、出入りする人々は全部が家族、同族、親戚等の固い絆で結ばれた血縁関係者である。これが、どこかの屋根の下に連繫を保っている。ここに『家』の特色があり、作者の意識がはっきりと打ち出されている。

この大きな一つの繫がりが『家』の主題をささえている。零落して行く旧家ゆえに、その重圧は当事者以外には分らない非常なものを秘めている。冒頭の章に、二十六歳の青年詩人小泉三吉が、姉が嫁いでいる木曽福島の橋本家に一夏を過すことが書かれている。橋本家の当主達雄は、若いころ、家の重圧を嫌って郷里を出て、やがて失敗して土地に戻った男であるが、木曽一の才子といわれた彼も、今は一介の凡俗にすぎない。その息子が三吉より三つ年下の正太であるが、それだけに周囲の彼にかける期待は大きい。若い彼の身辺には早くも旧家の重荷がのしかかっている。

この正太も、やがては父の轍を踏んでしまう男なのだが、いつまでも書生でいられる若い叔父をうらやんだりする。しかし、正太から自由に見られる三吉も、決してうらやまれる程の青年ではなかった。同じような旧家の重圧は、末息である三吉の肩にもびしびしとのしかかっていた。しかも、まだ存在している橋本家に比して、小泉家は全くの有名無実となっていた。一族はちりぢりに東京へ出て、立て直しに奔走しているのである。

そして、作者は、この旧家の圧力が人間性に来す悪影響を余すところなく描いている。才子を凡俗に変えてしまったその圧力は、また、三吉の兄たちをいたましい犠牲者におとしいれてしまった。彼らは善人であったが、そのため他人に乗ぜられて失敗をくり返し、いつしか頽廃(たいはい)の一途をたどっていった。これはすべて、旧家の欲望、体面がもたらした悲劇である。個人的意志の問題ではなく、家族制度のもたらした旧家の意志の問題である。これは、後に三吉の義父となる名倉老人と対照することによって一層明確になる。名倉老人は、一代にして大身代を築きあげた新興商人の代表者であり、自由自在な自己の意志を精力的に活用した代表的人物である。そこには家の意識は少しも働いていない。

しかし、『家』一編が、どこまでも「家」の重圧に反撥した作品であったかというと、必ずしもそうはいえないようである。兄弟から無理な金策をいとも簡単に命令され、四苦八苦して借金に奔走する三吉に、「家」が個人生活にしかける破壊作用を見ながら、作者は、旧家を誇るような気分すらほのめかすことがある。これは、藤村にとって、いつわらぬ心情であった。ここに、多少曖昧なところはある。

また、『家』においては、新と旧の対照も一つの大きな問題点となっている。達雄とお種・実とお倉の夫婦に対照して、三吉とお雪・正太と豊世の新しい夫婦による新しい家を描こうとするのが、達雄や実に対する名倉老人の、旧家（士族）の商法と新しい実力主義の商法の対照に並行するテーマの一つだったと考えられる。

ここに、新しい時代に、新しい芽がいかにして伸びるかを見ようとしたあとがうかがわれる。三吉は、新しい社会の新しい生をもとめて努力するが、正太は、新しい芽を伸ばすことなく死んで行く。そこに、同じ新しい家における異相はあるが、いずれも、男女平等の夫婦関係を描いているところに、単なる主従関係ではない新しい家の構成をみせている。

ところで、先の引用文に作者自らが、「自分ながら憂鬱な作だと思ふ」と語っているように、『家』の世界は、前作『春』などとくらべてもかなりの相違がある。『春』に暗さがあるとしても、それは青春の心地よい憂愁を伴っているのに、『家』の場合は、読むものを深い苦痛の淵に引きずりこんでしまう。この暗さは、当時の日本がもっていた暗さ――伝統的因襲と新しい時代精神の相剋の間に生じた悲劇がそのままに籠っているための暗さである。日本の明治の社会の一断面が如実に呈示された作品だといえよう。

この作品が発表されたのは、自然主義の最盛期であったため、『家』は、この派の代表作として称賛されたが、当時の社会の一面と共に、暗く救いのない自然主義文学の傾向をも如実に物語っているといえよう。

桜の実の熟する時

『桜の実の熟する時』は、藤村がパリに滞留している間とその前後に書かれた、いわば旅の記念のような作品である。出発前に書きはじめ、パリで前半を書き、帰朝後に後半を仕上げた。発表したのは「文章世界」で、前半は、大正三年の五・八月と翌年の一・二・四月で、後半は、大正六年十一月から翌年六月まである。五章までと六章以下に多少気分的な相違があるが、これが『春』の前編とも見られる青春の記念であり、第四番めの長編であり、第三番めの自伝小説であることに間違いはない。初版は、大正八年一月に春陽堂より刊行された。

刊行会版『藤村全集』第九巻、『藤村文庫』第四編、新潮社版『島崎藤村全集』第四巻、その他、多くの全集・選集に、また各種の文庫本にも収録されている。

あらすじ　明治二十年代の初葉、岸本捨吉は高輪台のキリスト教主義の学校に入学した。少年期から青年期へ移行しようとするころの彼は、世話になっている大川端のきびしい田辺の家とはまるで違った雰囲気の中で、自由な生々した日々を送るようになった。

いい友だちも沢山できた。勉強も楽しかったし、成績もよく、多くの友だちや先生たちの期待と信望を一身に集めるようにもなった。

しかし、彼は、年上の繁子との交際に失敗して以来、その楽しく張りのあった生活にも幻滅と空虚を感じるようになった。寂しくふさいだ時をすごす憂鬱な青年と変わってしまった。

やがて四年の月日がすぎると、夏には学窓から巣立たねばならなかったが、そのころになると、一時重苦しかった気分もほぐれるようになっていた。卒業の日、四年間にすっかり大きくなってしまった桜の木をみながら、まだすっかりは拭いきれない憂鬱と、過去の楽しかった日々をくらべてみて、一人深い感慨に胸をとられていた。桜の実を拾いあげては、若い幸福の日をなつかしむように、それをかいでみたりした。

実社会に踏み出す捨吉の前には二つの道がまちうけていた。一つは、恩人の養子となって実業の世界へとびこむことであった。周囲の人々は当然それを望んだし、そうなることと思っていた。しかし、彼はもう一つの道に魅惑された。不安であり、恐ろしくもあったが、独力で開拓するその道に憧れた。

彼は、恩人である田辺のおじが経営する横浜の店の帳場で一夏をすごしたが、ついにこらえられなくなって、先輩吉本の経営する雑誌社にとびこんで新しい生活の第一歩をはかった。彼のせまい世界も次第にひろくなっていった。

そして、間もなく、捨吉は女学校の教師になるが、やがて教え子の勝子が彼の心をとらえてしまった。教え子に恋する心、それは彼の気持を暗くたえがたいものへと追いやった。苦悩のあげくに、とうとう勝子を見るのさえたまらなくなった時、彼は一切を投げうって、そこから新たな活路を見出そうと決意した。

捨吉が、ただ一人あてのない放浪の旅に出たのは、それから間もないころであった。きびしい冬のおし寄せる中を、彼は東海道をさびしく南下していった。

解説・鑑賞

『桜の実の熟する時』が『春』の前編をなしていることは先にも触れておいたが、これはまた、藤村自身も『春』の「序曲」(「桜の実の熟する時」の後に)という言葉で表現している。着手したのは、「文章世界」を発行していた博文館の前田晁(あきら)からの依頼によるもので、「年若な読者のために」(同)という意図をもっていた。作者自らも、「年若き読者に勧めて見たい」(新潮社版全集第四巻所収の序)といっている作品である。

しかし、『桜の実の熟する時』は、『春』の「序曲」と呼ばれた作品であったとしても、両者にはかなりの相違が見られる。まず、『春』が青春の群像を描いたものであるのに対して、『桜の実の熟する時』は、『春』にいたるまでの一青年の行程に焦点を合わせている。そのため、『春』が広い視野に立った日本の青春期をも意味していたのに、『桜の実の熟する時』は、個人的な、限られた内面の歴史にすぎない。作者自身の青春を描いたのであって、小説であるために幾らかのフィクションは当然はいっているが、ほぼ形態の整った自伝小説であるということができる。

第二に、漂泊の旅の以前と以後を描きながら、『桜の実の熟する時』と『春』では、気分的にかなりのひらきがあるといえる。もちろん、『春』が十余年を経ない間に短期間に仕上げられた作品であり、『桜の実の熟する時』が二十年を経た後、足かけ五年にわたって徐々に作りあげた作品であるという理由もあるだろう。執筆の年齢の差、気分の乗り方の差が当然のこととして考えられるわけである。

まず、描写の面から検討してみると、『家』の項でも述べたように、『春』が青春の憂鬱や苦悩を描きながら、心地良さや生々した面を失わずにいるのに、『桜の実の熟する時』には、それ程の清新で浪漫的な気分が見当らないのである。そのかわり、老練な、用意周到な筆致で、青春前期の主人公の悩ましい心情や行動を、手ぎわよくとらえるという落ち着きはみせている。

また、『桜の実の熟する時』は、『春』の「序曲」と呼ばれながら、形態としては、むしろ『家』の構成に近いともいわれている。ここに、『春』よりは『家』に近い告白的な自伝小説の趣がある。『桜の実の熟する時』というのは、「思はず彼は拾ひ上げた桜の実を嗅いで見て、お伽話の情調を味つた。それを若い日の幸福のしるしといふ風に想像して見た。」（第八章）という所からつけた題名であり、「若い日の幸福」の象徴であった。しかし、この作品において実際に「桜の実」は熟していたのだろうか。この「幸福」はあくまでも想像されたものであることを見落としてはならない。本文を読めばわかるはずだが、彼のそういう気持は、つねに過去に結びついている。幼いころの山村の思い出や、明治学院初期の浮々した楽しい日々につながっている。そこに、当時の作者の状態が秘められているのである。

そして、『春』が最後の部分に、「自分のやうなものでも、どうかして生きたい。」という言葉をもってきたのに対して、『桜の実の熟する時』には、「まだ自分は踏出したばかりだ。」という言葉をもってきているところに、あくまでも「桜の実」の熟することを願う作者の意図が打ち出されている。ここには、『春』に対応させ、『春』に結びつけるための手法としての周到な計算が考えられるが、いずれにしても、「桜の実」、即ち幸福感を味わっていなかったのは事実である。そのかわり、未来に期待する前向きの姿勢で筆をおいているところに、作中で味わうことのできなかった『桜の実の熟する時』の主題がむだにならなかったのだともいえる。

とも角、悩み多い青春期の典型的な一肖像として、作者が、特に筆をふるった作品であるのは事実である。それと同時に、「『桜の実の熟する時』の後」の末文で、作者自らが、

「桜の実の熟する時」の前半は二十年前の佛蘭西（フランス）社会の空気の中にはじめて旅行の身を置いて見た時に、自分等の早い青年期を胸に浮べながら書いたものであり、後半はまた帰朝者としての気分も抜けきらないうちに筆を執（と）つたものである。その意味から言つても、この作は自分ながら気軽に書けたと思ふ。すこし注意してこの作を読んで見て呉（く）れる読者諸君には、さういふ旅行でなければ感じないやうなものにわたしの与へようとした言葉のあることも気づかれるであらう。

と、語っている言葉もかみしめたい。西欧の先進国に赴いて初めて知った自国の状態——まだ明けやらぬ祖国の青春期が深く作者の胸をとらえたのであろう。自己に焦点を合わせた自伝小説でありながら、そういう周囲を全く無視したわけではなかった。日本という国の青春時代の姿をもさりげなくおりこんであったわけである。

嵐

短編集『嵐』は、昭和二年一月、新潮社より出版された。『緑葉集』（明治四〇・一・春陽堂）『藤村集』（明治四一・一二・博文館）、『食後』（明治四五・四・博文館）、『微風』（大正二・四・新潮社）につぐ、藤村第四番めの短編集であり、関東大震災をはさむ前後八年間にわたって書かれた十一の短編のうち九編が収録されている。

その九編というのは、『斎藤先生』（『貧しき理学士』と改題、大正九・三・太陽）、『ある女の生涯』（大正一〇・七・新潮社）、『子に送る手紙』（大正一二・一〇・東京朝日新聞）、『三人』（大正一三・四・改造）、『伸び支度』（大正一四・一・新潮）、『熱海土産』（同・女性）、『明日』（大正一四・四・婦人之国）、『嵐』（大正一五・九・改造）、『食堂』（大正一五・一二・福岡日日新聞）の各編である。これ以後、藤村は一編の短編をも書いていない。

短編集『嵐』がそのままの形で収録されたものは少ないが、各編は種々の全集、選集、文庫本等にとられている。全集で全体を収めたものには、新潮社版『島崎藤村全集』第十一巻がある。特に、『ある女の生涯』『伸び支度』『嵐』の三編が有名である。その他、同じ時期に書かれた短編に『涙』（大正九・五・解放）

と『分配』(昭和二・七・中央公論)の二作があるが、『分配』もたいていの集にははいっている。

短編集『嵐』の諸作のうち、『斎藤先生』と『ある女の生涯』は親しい人に題材をとった作品である。前者は、小諸義塾時代の同僚であった理学の教師をモデルとし、後者は長姉そのをモデルにしている。その他の作も、たいていは身近なところにモデルを得ている。『三人』は加藤静子を、『伸び支度』と『熱海土産』は四女柳子、『嵐』は四人の子供たちを各々の中心的人物として描いている。

この諸短編を発表した時代の藤村は、フランスから帰って後、母なき子供たちを男手一つで養育し、その子供たちもようやく少年期から青年期へさしかかり、やがては一本立ちしようというころをむかえていた。そういう関心もてつだってか、『嵐』の過半数は子供たちを扱った作品となっている。

また、『新生』事件もおさまって、一種の落ち着きができたためか、作品自体に落ち着きとゆとりの出ているのも事実である。『家』や『新生』を書いたころのような生活的苦悩のなくなったこともあろうが、『家』のような息苦しさはない。あるとすれば、それは藤村が誰よりも敬愛した長姉そのの不幸な死を取り扱った『ある女の生涯』だけであろう。これは、題材の上からも、肉親の情からもいたしかたないことであった。

また、『嵐』に収められた諸短編は、だいたいにおいてどれをとって見ても文学的にすぐれた価値をもっており、藤村の短編小説の到達した最高峰を示すものである。中でも、集の名としてとられた『嵐』がすぐれているのは多くの人の認めるところであるが、その他、『ある女の生涯』『伸び支度』など、表現においても、構成においても、決して『嵐』に劣る作品ではない。『微風』のころからみれば数段の進歩がある。
ここでは、その代表作『嵐』をとりあげて、あらすじと、解説・鑑賞を加えてみよう。

あらすじ

妻が死ぬ以前からある古くさい時計の掛(かか)っている茶の間に集まった子供たちが、伸びてゆく背たけを計ってくらべあったり、柱にきざまれた古いたくさんの傷あとをしらべたりして、にぎやかに話しあっている。主人公、私となのる初老の男（藤村自身）は、自ら「嵐」と名づけるほどの寂しくつらい人生の闘いに疲れながらも、妻の残した幼い四人の子供を育ててあげてきた。三人のむすこはもうおとなの年齢になり、末娘も立派な乙女(おとめ)の年齢である。中でも次郎は鴨居(かもい)に頭のとどきそうなほど大きくなり、三郎もめきめき伸びている。そして、彼らもそれぞれ個性のまま、自分たちの時代に生きようとしている。

父の子供たちを思う深い気づかいは、彼らが幼かったころと少しも変わってはいない。しかし、父親も、この子供たちを、新しい時代の子としてあくまでも自由に彼らの意志のままに生かさねばならないことを知っている。だから彼は、多少のことには目をつぶり、なにかと気づかわれることも内にころして、できるだけじっと子供たちを見守って、彼らを個性のままに生かしてやりたいと願っている。

もう、長男の太郎は家を出て、故郷の先祖の古い屋敷あとに住んで農事にはげんでいる。毎年、暮にならなければ帰って来ない。次郎と三郎はともに洋画研究所に通う画学生である。しかし、そんなところにも、父親としての細かい心づかいは行き届いた。次郎の求める素朴さや、最後からでもついて行こうとする遅い進歩、それに対して、三郎の新しいものを求めて熱狂する心、そこに相入れないものを感じた彼は、二人をまったくひき離して、別に修業させたいと思うようになる。次郎を兄のてつだいということで太郎のもとへ送り出したのもそのためであった。彼は、次郎が出発する時、新しい柱時計をもたせてやった。こうして、彼らは、それぞれ自分の道へと進んで行くのであったが、そこには、寂しさのある反面、父親としての喜びもあった。

解説・鑑賞

『嵐』が初めて「改造」誌上に発表されたのは、大正十五年九月である。作者は五十四歳、麻布の飯倉片町に住んでいた。この家は、深い谷底のような所にある二階屋で、かなり不便な所に位置していた。これは、作中に書かれている通りである。当時の藤村は、生涯編に述べておいた通り、手もとに次男鶏二と三男蓊助の画家志望の男の子と、末娘柳子の三人の子供を置き、長男楠雄は、弱身だったので健康を気づかって故郷馬篭に帰農させていた。その三人の子供に女中を加えて、彼の家族は五人であった。すべて、作品に描かれている通りである。

では、「嵐」とはいったい何であろうか。

彼は、作中で、「家の内も、外も、嵐だ」といっている。六歳を頭に四人の幼子を残して妻が死んだのは、明治四十三年であるから、この時代はおよそ十五年の後になる。その間、一時、三年ばかりフランスに渡った作者は帰朝するや里子に出してあった四女と三男を手もとに引き取り、ただ子供たちの成長のみを楽しみに生きて来た。その子供たちは、ともすれば喧嘩の嵐をまきおこして、父親と母親の二役を兼ねた作者を悩ました。ちょうど町は、米騒動以来、不穏な空気に包まれている時であったから、まさに、内外共に「嵐」に吹き荒らされていたことになるのである。

また、子供たちが成長して、各々の道へ進もうとしているのを見ながら、「強い嵐が来たものだ」と述懐したり、終わりの部分では、「過ぐる七年のさびしい嵐」と書いたりしている。これらの「嵐」の使い方を見れば、「嵐」の意味も自ら判明しよう。

過去から現在にいたるまで、作者の身辺には「嵐」が吹き荒れているのである。一つは、勢よく成長して行く子供たちの生命力であり、一つは、母なき家庭における父親の苦悩であり、さらに一つは、不穏な時代の空気である。それらが一体となって「嵐」の感覚を、作者に植えつけたのである。しかし、ここで作者は、その「嵐」にじっと流されてばかりいたわけではない。「嵐」に対処して行くだけの抵抗力を見せている。「嵐」に流されて行く人間にとっては、それが「嵐」であると覚(さと)ることができない場合もあるだろう。抵抗すれば抵抗するだけ、「嵐」の厳しさが身にしみるのである。藤村は、「嵐」に堪えながら、やがてその後にめぐって来る暖かい陽光を待っているのである。ここに、本当の「嵐」の意味がある。

ところで、『嵐』の作中人物は、藤村一家を描いたものであるが、一読してみればすぐ彼らがわれわれの身近な所にありそうな人間像であることに気づくだろう。それは、誰でもが直面している――あるいはその可能性をもっている――ごく一般的な家庭生活である。飾りけもなく、無理にこしらえたわざとらしさもない。ここに、藤村の生活と観察が明示されている。

一種の自伝小説であるが、『春』や『家』とは趣を異にしている。それは、『嵐』が、必ずしも『春』や『家』のような自己告白の欲求のみからできた作品ではないことによっている。幾分の象徴的な要素を含めた、芸術的風格の高い作品とでも表現すればよいのだろうか。ねばり強く対象を観察しながら、たしかな客観的手法をつらぬいて、深く読者の胸をうつものがある。自伝的小説――私小説――でありながら、内外の結びつきを考慮してある点も、『嵐』を単なる自己告白の小説に落としいれなかった原因である。

これは、『春』や『家』にも通じることであるが、『春』の後半が自己告白に流れた点、『家』が社会的要素をもちながら告白的気分につらぬかれていた点などとは異なり、自己を強く表面化しない所に『嵐』の特徴がある。これを、『春』『家』『新生』などの一連の作から、『夜明け前』にいたる過渡期の作品であるという意見が強いのもそのためである。自己を表面化せず、深く対象を見窮めた客観の作品だからである。

文章は平明で、気どった所がない。文語的な表現をさけ、全くの口語体で全編を通している。かつての作品に時折り見られることのあった詠嘆調はすっかり影をひそめてしまった。落ち着いた気分や、ゆったりした心地が感じられるのも、そんな所によっているのではないかと思われる。プロットにも大きな作為は用いず、無技巧でおしている。中に、自家の古い時計と、長男の所へ出発する次男にもたせてやる新しい時計とに、時代の推移をそれとなく示した形跡はあるが、技巧といっても、まずその程度のものにすぎない。

夜明け前

昭和四年四月、「中央公論」に『序の章』を発表したのを最初として、年四回の割で六年十月までに第一部を完成し、七年四月から十年十月までに同じ割の発表で第二部を完成した。足かけ七年にわたる藤村最大の歴史小説で文字通りの大作である。初版は、第一部が七年一月に、第二部が十年十一月に同じく新潮社より出版された。

以後、『藤村文庫』第一・二巻、新潮社版『島崎藤村全集』第七・八巻、筑摩書房版『現代日本文学全集』第六十一巻、新潮文庫などに収められている。

あらすじ

「木曽路はすべて山の中である。………」の冒頭で始まる。これは、生涯編の最初に引用しておいた。『夜明け前』の主要な舞台は、この冒頭の一節に書かれた。凡そ九十キロメートルにわたる木曽十一宿の古い街道に置かれている。青山吉左衛門は、この十一宿中最南端、京都方面から木曽路へはいる最初の宿場である馬篭本陣の主人であり、庄屋と問屋も兼ねていた。彼は好学の心があり、俳句をもたしなむ。ここは、先祖代々大した変化もなかったが、幕末のころともなると、あわただしい空気が、この寒村まで流れこんできた。

青山半蔵は、吉左衛門の後継者である。嘉永六年、ペリーが浦賀に来航した噂がひびいて来たころ、まだ十八歳の青年であった。この半蔵が、『夜明け前』の主人公で、彼が、古い日本から新しい日本へと移行する激動期において、いかなる人生を展開するか――精神的生活、肉体的生活をも含めて――ということを見るのが、この作品の主要テーマとなっている。

半蔵は、父の後を継がねばならない運命をもっていたが、もともと、封建制の不合理に深い疑問を抱いていた。大名の圧迫によって、木曽山中の貧しい農民たちが法外に苦しめられているのを知っていた。封建制の旧弊と、旧家の重圧のために身動きのできなくなる自分をもしばしば経験していた。そんな時に黒船の出現が伝わって以来、彼は新しい時代の動きに敏感になった。その動きに遅れまいとする青春の血潮はおどった。

しかし、二十三歳になった半蔵は、十七歳のお民と結婚すると、隠居した父の後を継いで一切の仕事をまかなわねばならなかった。安政三年、父の許しを受けて、平田派国学の門人となった。この入門のための旅は、お民の兄であり、半蔵自身の従兄でもある妻籠本陣の寿平次と同伴であったが、二人は足をのばして、青山氏の祖先の地である相州(そうしゅう)三浦半島を訪ねた。そこはまた、黒船の碇泊した地でもあった。

平田門下に名をつらね、本居国学を学んだことは、半蔵の一生にとって重大な事件であった。この本居国学と黒船の影響とが、『夜明け前』のテーマを確立する基底となっている。

半蔵は黒船——外からの脅威に対して、「自然(おのずから)に還れ」「新しき古(いにしえ)の発見」という道を考えた。すなわちこれからの新しい日本を樹立するには、万民平等の古代にかえり、そこから再び出発するべきだというのである。この世に王と民しかいなかった時代である。そのためには、権力の横行した中世は捨てねばならぬという。つまり、「古代に帰ることは即ち自然に帰ることであり、自然に帰ることは即ち新しき古を発見することである。中世は捨てねばならぬ。近つ世(ちかつよ)は迎へねばならぬ。どうかして現代の生活を根っから覆(くつがえ)して、全く新規なものを始めたい。」という言葉になってあらわれている。ここには、攘夷主義という程の強いものはないが、やはり自尊主義の傾向をのぞかせている。これが半蔵の思想の核心である。

しかし、半蔵は、そんな思想に若い血をおどらせながらも、旧家の主人としての役割からぬけ出すことができない。彼は倒幕運動の先鋒である平田派国学の一員でありながら、まったく政治的才能をもちあわせていない。純粋でひとすじに思いつめるような性格は、周囲から、むしろ宗教にはいってゆく人だと噂されている程である。

安政から文久へ、嘉永から慶応へと吹きあれた嵐も、慶応四年にはついに大政奉還を迎えるまでになった。半蔵も三十半ばをすぎる年齢であったが、彼の待ちに待ったその日は、新しい希望と喜びにつつまれているかに見えた。（以上第一部）

新しい日本は誕生したが、それは決して半蔵のゆめみたような平和な、王と民の世ではなかった。鳥羽伏見の戦争が始まり、各地では旧幕府軍の反乱が相次いで起こり、東征大総督の軍が木曽街道から東上していった。やがて、「五ヶ条の御誓文」が発せられ、江戸城が明け渡されて、新政府の発足を見るころになったが、世の空気はまだまだ不穏であった。それらは、一つ一つ木曽路を伝わって馬篭までもおしよせて来た。

こうした動乱は、当然のこととして経済や社会一般の混乱を伴った。徴兵令が下ると農民たちはとまどった。新政府の紙幣が下落し、外国商人の正金買入によって物価が上がり、その上天候不順による凶作も重なると馬篭の農民までが一揆を起こすあり様であった。京都の様子を見に短い旅行をして戻った彼は、その混乱を見るとただ手をこまねいて嘆息した。

半蔵は、自分と百姓たちとの距離や、明治政府の信用のなさをしみじみと思い知らされた。彼の夢は、早くもやぶれようとしているのであった。

そうこうするうちにも、時代は休みなく動いて行った。版籍が奉還され、藩が廃止となって新規に府県の制度がしかれた。本陣も庄屋もなくなると、半蔵には戸長兼学事係というささやかな役職が与えられた。新制度のもとに働く彼はすでに四十歳、お民との間には、お条、宗太、正巳らの子供もあった。明治三年には三男森夫が、五年には和助も生まれた。

明治六年、四十三歳の半蔵は、自分の理想の実現不可能を悟ると、せめて子供たちにだけでもそれを伝えようと、小さな寺小屋を開き、敬義学校と名づけた。このころから青山家は大きく傾きはじめ、家計に窮して財産に手をつけるようになった。婚約話のもつれなどから長女が自殺未遂事件を起こしたのも同じ年であった。また彼も、山林に生命を託す人々のために「山林事件」に奔走し、新政府の忌避（きひ）にふれて戸長職を免ぜられたりした。

　そうする間にも、文明開化の嵐はますますひろがり、この山間の地にすら、鉄道開設のためにイギリスの技師が入りこんで来た。昔の街道は廃止され、新しい国道ができれば、馬篭などはいずれ忘れられる存在であった。家の内も外も、何ひとつとして半蔵の思い通りに行くことはなかった。国学者としての高い理想も、文明開化の嵐の前には何らの効力もないように思われだした。

　そんな半蔵が、今は東京と名を改めた文明開化の渦中へおどり出したのは、明治七年の初夏であった。知人をたよって文部省に勤めてもみた。彼の役目は神祇方面の担当であった。そんなことから、彼は再び日本の古い神社を保存し、本居宣長の遺風を守りたいと願う気持にかられた。西洋は受け入れなければならないとも考えを改めるようになっていたが、反面では拒まなければならない部分のあることも新たに認識された。しかし、彼のそんな純な気持はかえって人々の嘲笑をかった。彼は、失望の内に職を辞すと、その悲しみと情熱から、ある日、明治天皇行幸の御馬車に向かって、一首の歌をしたためた扇子（せんす）を投進した。そのため、直訴人として警視庁に留置されたが、動機が認められて、軽い罪で釈放された。すでに、物狂わしい発作が表面化したのであった。

　その翌年、半蔵は水無神社宮司として飛驒（ひだ）へ赴いた。その時、長男宗太に家督の一切をゆずり渡した。飛驒には四年ばかりも勤めていたが、古い神道など山間の青年にすらかえりみられず、またも失意のどん底にあえぎながら寂しく帰って来た。

故郷での彼はもう隠居の身分であったが、親戚縁者からも敬遠せられるあり様であった。身も心も疲れはてた彼の心には、「復古の道は絶えて、平田一門すでに破滅した」という声がこだました。そのころ長男はお槇と結婚し、長女は植松家に嫁いでいた。末むすこの和助も八歳になっていた。

そんなころ、明治十三年六月、明治天皇が東山道を巡幸され、馬篭の青山家が御在所となったが、その時半蔵は、扇子事件のこともあって、村人から慎み退くようにしむけられた。それが、どれ程彼の心を傷つけたか知れない。純粋な情熱がかえって人々に疎んぜられるような結果をまねき、そんな気持に、西洋文明の雑然とした流入と異常な社会変化への反感が重なって、それを敵視し、むやみに古代を懐しむような狂気じみた気持を生ぜしめるようになったのである。

明治十四年四月、半蔵は末子和助の勉強好きにのぞみを託し、長男宗太に命じて森夫と和助の二人を東京に住む長女のもとに送り出してやった。そして、三年後の四月、名古屋に寄って長年の総髪を切った彼は、むすこたちに会おうと、銀座の野口家を訪れた。土地や財産は親族会議を開いて整理したばかりであった。

老いた半蔵は、ある日万福寺に火をつけ、狂人として座敷牢に入れられた。これが苦難にみちた男の晩年の居所であった。そこで、半年の哀しい生活を送った彼は、十一月末、ついに枯木のごとくはてて行った。明治十九年のことである。（以上第二部）

資料と準備

『夜明け前』は、藤村の作品の中で最大の長編歴史小説であるが、そればかりでなく、日本の歴史小説の中でも屈指の名作である。量においても質においても、すぐれている。それだけに、この一作にかけた藤村の努力、苦心なども他の諸作には見られない並々ならぬものがあった。製作に着手し始めてから完成を見るまででも凡そ七年という期間をかけている。しかし、これだけの長編で、しかも歴史的な事実を踏まえているのだから、書こうと思うと同時にすらすら書きすすめた作品でないことは明らかである。時代的にいっても、作者の生まれる以前と幼年時代が主な背景になっているのだから一層大変である。そのためには、相当な準備期間があったとしても不思議はない。

作者自らの言葉によれば、本当に『夜明け前』の制作を計画し着手したのは、昭和二年のころからだという。この期間を加えてもおよそ九年という月日が費されている。その間、ほとんど他の作品は手にしなかったのだから、その意気ごみがわかるだろう。感想集『桃の雫』の一文を引用してみよう。

「昭和二年のはじめに、わたしはすでに『夜明け前』の腹案を立ててはゐたが、まだ街道といふものを通して父の時代に突き入る十分な勇気が持てなかつた。といふのは、わたしの祖父や父が長い街道生活の間に書き残したものもいろ〳〵あつたらしいのであるが、日清戦争前の村の大火に父の蔵書は焼けて、参考となる旧い記録とても吾家にはさう多く残つてゐないからであつた。これなら安心して筆が執れるといふ気をわたしに起させたのも大黒屋日記であつた。この年にわたしは一夏かゝつて大脇の隠居が残した日記の摘要をつくり、それから長い仕事の支度に取りかゝつた」（覚書）

右の文でもわかるように、『夜明け前』には、確実な資料の裏付けがある。父の生きた時代とその一生を書こうというのは、藤村のかなり昔からの願いであったが、これまでに踏み切れなかったのは、裏付けとなるものが手にはいらなかったからであった。『大黒屋日記』が手にはいるや『夜明け前』の製作にのり出したのもそのためである。

また、一説によれば、『夜明け前』の腹案をもったのは、大正十五年四月に、馬篭の長男を訪ねた時からであるともいう。この旅行を、『夜明け前』の下検分だとするのであるが、いずれにしても、このころから製作の準備に動き出したのは確かである。その後も、翌昭和二年、三年と二度にわたって馬篭を訪れ、『大黒屋日記』の他に『八幡屋覚帳』などの資料も手に入れている。

『大黒屋日記』というのは、馬篭の島崎家の隣家の住人であった大脇信興（のぶおき）という人の書き残したものであった。彼は、馬篭宿の年寄役と問屋後見をしていたので、藤村の祖先とは非常に親しい人であった。内容は、文政九年から明治三年までの約四十年間にわたる、街道生活の詳しい事情の記録であった。極言すれば、『夜明け前』成立の最大のポイントともいえるだろう。

また、子供たちをそれぞれの道に送り出し、自分も再婚に踏み切って、身辺を落ち着けたのも、そのための一つの準備だったと見るむきも強い。そうして、用意万端を整えた末に、相州三浦の公郷村（現横須賀市内）に先祖の地を訪れて、いよいよ『夜明け前』は発表予告の運びとなるのである。昭和四年一月の「中央公論」の、「『夜明け前』を出すについて」と題した小文がそれである。

それによると、「一年一回のこと」「一月、四月、七月、十月の四回にわたって掲載して行くこと」などの条件が明示されている。これは、相当の長編になることを予想して、時間的にゆとりをもたせるためであった。その他のことでは、「平談平語をもってこれを綴るであろう」ということ、「一つのスタデイをもち出して見るに過ぎない」ことなどが語られている。

モデル

『夜明け前』は、父正樹の一生を主題にした一種の伝記小説であり、史実を踏まえた歴史小説でもあるから、そこには当然生きたモデルがあった。しかし、約三十四年間にわたる内容をもっているために、登場人物の数もおびただしい。あらゆる階層の人々が登場する。しかし、主要人物をのぞいては、だいたいが実名で登場するので、歴史としての実感は少しも失われていない。仮名を与えられているのは、作者の一族、すなわち、島崎家の人々、それにゆかりのある高瀬家、吉村家などの人々であり、また近所の人々、すなわち大脇家の人々などである。

ここでは、これら主要人物の『夜明け前』でしめる位置をはっきりさせるため、大まかな家系図を作り、その中からさらに大切な人物の実名表を挙げておこう。大方は、これまでの作品などでおなじみの人物である。

藤村の作品は、その素材において、作者自身や、その近親の人々に関するものが非常に多い。『春』以来、この傾向をずっと守り通して来た。だから、『春』以後の作品の人物は、名を変え、背景を変えて出て

『夜明け前』の家系図

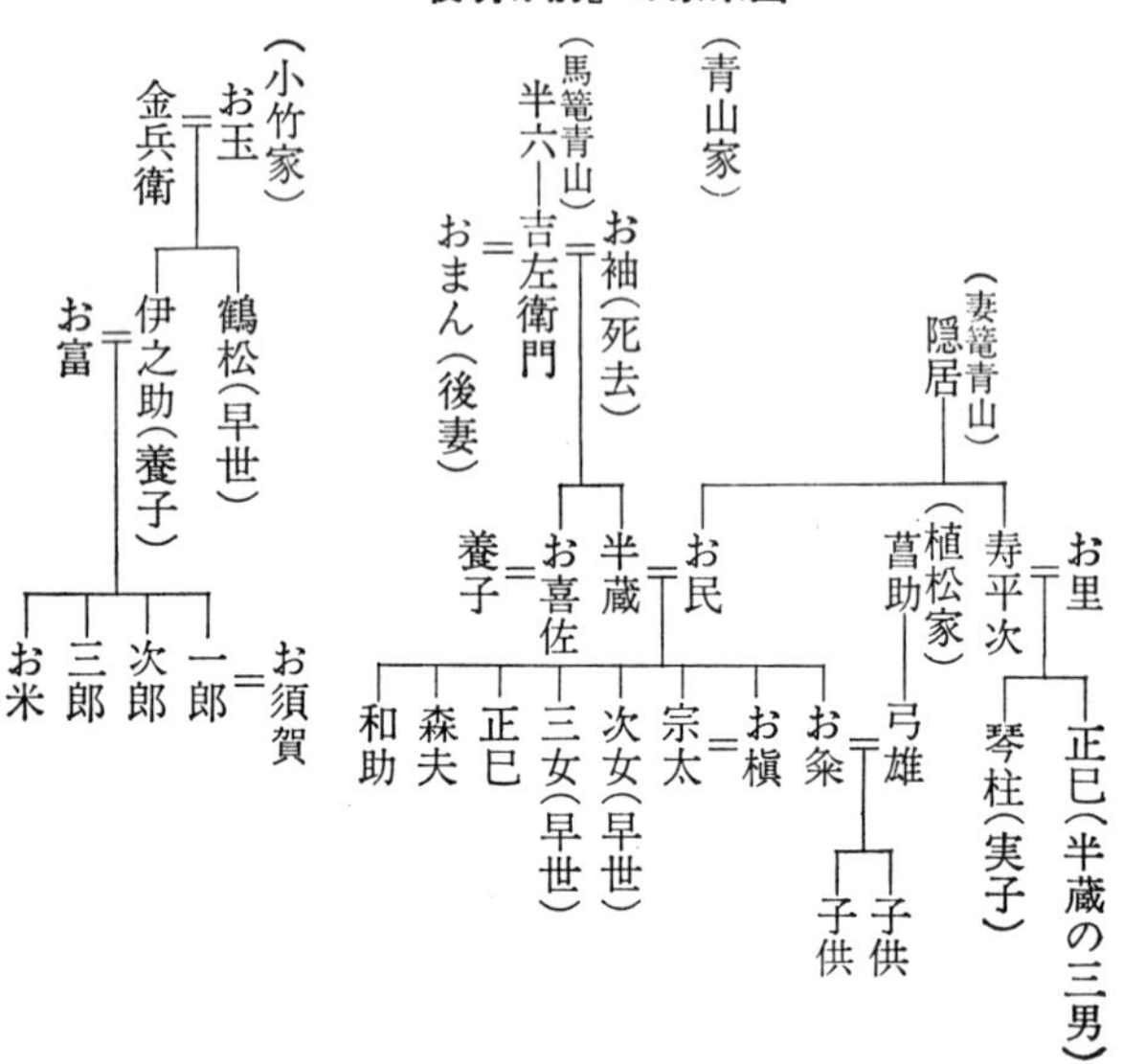

主要人物実名一覧表

青山家	島崎家
吉左衛門	重韶
半蔵	正樹
お民	ぬい
宗太	秀雄
お槇	こま江
森夫	友弥
和助	春樹
寿平治	重信
正巳	広助
琴柱	あさ
植松家	**高瀬家**
弓雄	薫
お粂	その
小竹家	**大脇家**
金兵衛	信興
伊之助	⋮
一郎	文平
お米	ゆふ
野口家	**吉村家**

馬篭の藤村記念館，玄関横面

くるのであるが、本質的に大きな差はない。たとえば、『春』の捨吉が、『家』では三吉になり、『夜明け前』では和助となっている。これは藤村自身である。また、『春』の民助は、『家』では実に、『夜明け前』では宗太になっている。これは長兄秀雄である。

しかし、『春』以来の作品を検討してみる時、常に同じモデルを用いながらも、その取り扱いは必ずしも一定していないことが明らかになる。すなわち、自己中心から少しずつ周円的に広がって来たことである。『春』では、自己中心に青春の群像を描き、『家』では、自己中心に家族を描いた。いずれも自己中心であるが、全体の視野が異なっている。そして、短編集『嵐』の諸作では、自分はむしろそえ物となって、子供たちを描いたものが多い。また長姉そのを中心に描いたものもあった。こうして、彼の目は、ついに自己から離れ、さかのぼって父の時代を見ようとするにいたったのである。

こうして、彼の作品は、同じモデルを扱いながらも、その焦点、組みあわせ、時代的・空間的背景の相違などから、変化にとんだ作品となっているのである。

一部くり返しになるが、『夜明け前』は、あくまでも正樹をモデルにした、青山半蔵の一代記であり、そこから、当然の結果としてその時代背景を浮彫り（うきぼり）にした作品となっている。ところが、どちらかといえば時代的なものを見ようとしたことより、父の一生を見ようとした意向の方が強い。半蔵でいえば結婚するころの二十三歳ごろから座敷牢で一生を閉じる五十六歳まで、時代でいえば、黒船来航の嘉永六年から明治十九年までである。おもな舞台は木曽街道にとっているが、これは、江戸と京都を結ぶ重要な交通路で、時代の動きをとらえるには、遠隔地でありながら都合がよかった。また、主人公が本陣・庄屋という身分で武士とも町人ともつかぬ一種の中間的立場にあったから、激動する上下社会層の動きを公平に見つめるには、恰好（かっこう）の地位であった。その意味からすれば、『夜明け前』の焦点は、結果として、父とその時代の両者にひとしく行きわたっていたというべきかも知れない。

解説・鑑賞

先に述べたことに関連するが、藤村は、父親に深い思慕の情を抱いていた。こういう心の端々（はし）は、過去の作品の中にも往々にして見られた。そして、それが『夜明け前』の一編に集成されたと見ることもできる。とすれば、『夜明け前』は、父への慕情が、父とその時代の探求を深めた所に成立した作品であるといえる。

生涯編の初めの章で、藤村の生命力と文学が木曽山中からはぐくまれていたと述べておいたが、それは単に藤村の性格的なものだけをさしたのではない。彼の意識の中に存在する事実であった。「血につながるふるさと、心につながるふるさと、言葉につながるふるさと」と故郷における最初にして最後の講演に感慨を語り、後馬篭の藤村記念館入口の壁にはめこまれた扁額に記されたこの言葉はあまりにも有名である。だれしも生まれ故郷の懐しくない者はないが、藤村の場合は人一倍の慕情をもっていたようである。『春』で自己を書き、『家』で身辺を書き、『ある女の生涯』で長姉を書き、『夜明け前』でついに父親までたどりついたのである。

こうした父への関心が切実になったのは、パリの時代だという人がある。『新生』の終わりの部分に父への追想を認めるからである。あるいはそうかも知れないが、それは別としても、そのころから『夜明け前』（内容として）を書く意志は動き始めていたと考えることはできる。外国で初めて自国を認識することが出来たと語ったのは、生涯編に書いておいた通りである。ここに、父への思慕と自国の認識が合致した作品成立の動機を見るのである。『戦争と巴里』の『春を待ちつゝ』の項に、「前世紀とは言つても、あの時代に起つてゐることは皆私達に直接関係の深いものばかりである。ある意味からいへば、私達はそこから出発してゐる」と述べているのを見てもそれがわかる。そしてまた、「好かれ悪しかれ私達は父をよく知らねばならない。その時代をよく知らねばならない」ともいい、「私達は明治維新と共に開けて来た新時代の輝いた方面のみを見るに慣らされて、その惨憺たる光景には兎角眼を塞ぎがちであつた。さういふ真相をも読みたい。私達が唯、結果に於いて知り得るやうな父の時代をもつとよく読みたい」ともいっている。

これが『夜明け前』のモチーフである。そして彼は、夜明け前の暗さの中に封じこめられている父と父の時代をかみしめようとしたのであった。

さて、『夜明け前』は、その暗い時代の中で、半蔵（正樹）が新しいよりよい時代のために微力を傾けんとし、しいたげられる百姓に同情をよせたりするが、その純情さと一徹さのゆえに不幸な生涯を送らねばならなかったことを描いているのだが、その中で、彼の一生の思想的基礎となったのが、本居国学を引く平田派の国学である。これは半蔵が余りに近代的感覚の青年であることなどから、多分藤村自身の解釈であって、父親の解釈そのままではないと思われるが、ともかく、この国学が占めている位置は大きい。「古代に帰ることは即ち自然に帰ることであり、自然に帰ることは即ち新しき古を発見することである」という半蔵の思想は、ことごとくそこから出ている。あるいは、藤村自身の理想とも見られる。一種の人間解放の叫びであって、そこから、半蔵は単なる正樹の姿ではなく、藤村の理想像であったとも考えられる。半蔵は、あくまでも理想をすてず、そのためにかえって不幸に傾くことがあっても、一切を神の心に託して、座敷牢の中ですら太陽の光を夢見るような素直な人間であった。

ところで、作者は、そうした父を描くにあたって、抽象的な観念で割りきることをさけた。長い年月を要し、多くの資料を集めたのはそのためである。一つ一つ具体的な事件によって描いたもので、それは一層切実な実感を伴っている。

しかし、『夜明け前』はあくまでも歴史小説であって、歴史そのものではない。そこに、小説的要素——

構成、情調、表現等――が加わっているのは当然である。周到に史実を用意しながら、その複雑な事件の中に時代の精神をこめている。『夜明け前』の価値は、こうした、単なる歴史ではなく、ただの空想小説ではなく、両者をうまくかみあわせて、作者の歴史観・小説観に裏打ちされているところにあるといえる。

ただ、第一部と第二部とでは多少作風を異にしている。第一部では、だいたいが社会的視野の広さをもっているのに、第二部の方は、青山家個人に目がすえられている。はなはだしい相違ではないが、そこに藤村個人の感情が介在していることは想像できる。というよりも、この作がやはり父の一代記としての要素を強くもっているというべきかも知れない。

最後に一言をもってつけ加えれば、大長編であるうえに、派手な語句や美麗な修辞を用いず、ゆっくりとした筆致で貫いているので、初めはとっつきにくい感じがするかも知れないが、文章は平明で、読むにつれて知らず知らず読者を引きこんでいく魅力をそなえた作品である。

まとめとして

以上で、紙幅のゆるす限り、島崎藤村の大まかな伝記と、主要作品の解説を閉じるわけであるが、これによって諸君がこの偉大な作家のおおかたの姿をつかむことができれば幸いである。中には、生涯編にもう少し加えたいこと、説明したいこともあったが、これ以上は研究の分野であると考えてくれて良いだろう。また、作品では、『新生』『伸び支度』『分配』『東方の門』等、割愛したものもある。この本でこの作者に興味を感じた人があれば進んで読まれることを希望する。

ここでは、総まとめとして、その生涯の業績をふりかえり、全体としての意義をつかんでおこう。

藤村の文学活動を振りかえってみると、およそ四つの時期があったのに気づくだろう。

1　詩歌の時代（一八九三—一九〇一）
2　『破戒』から『新生』にいたる時代（一九〇二—一九一九）
3　短編集の『嵐』の時代（一九二〇—一九二七）
4　『夜明け前』と『東方の門』の時代（一九二九—一九四三）

この内、詩歌の時代を除けば後三者は小説の時代であり、一つの時期にまとめてもよいが、同じ小説でも、多少趣を異にしているので分類した方が便利である。

第一の詩歌の時代は、文字通りロマンチックな、それでいて現実に根ざした創作詩を発表した時代である。藤村の詩人としての生命は雑誌「文学界」と同時に出発したのであるが、彼は明治において新体詩を最初に完成し、それを芸術の域にまで高めたのであった。それまでの日本には、わずかの翻訳詩をのぞけば、こういう形の詩は存在しなかったのだから、彼の詩人としての業績の中でもこの業績の意義は大きい。人々が新体詩に心酔するようになったのはそれ以後であった。

当時の藤村は土井晩翠とならび称せられたが、両者とも、西洋風の近代的な内容を秘めながら、なお日本古来の美的な調べはすてなかった。しかし、健康的だが単純素朴な晩翠の詩よりも、どこかにかげがあるとしても、複雑な苦悩と悲哀からにじみ出た藤村の詩の方が多くの影響をのこした。薄田泣菫(すすきだきゅうきん)や蒲原有明(かんばらありあけ)は、彼の後をしたって出て来た詩人である。また、現在なお『藤村詩集』――四つの詩集――の読者は絶えない。彼の詩は不朽なのである。

しかし、詩歌は、たいていの人にとって青春の産物である。藤村も当然この壁にあたった。目覚の内部に根ざす欲求――個性と自由な生命の解放、そして目覚めた者の悲しみをリズムにのせて短い言葉で情熱的にうたいあげた彼も、それだけでは飽(あ)き足りない日がやって来た。

そうした事情から、一層切実な思想を表現する手段としてえらばれたのが散文であった。目覚めた者――先駆者の悲しみを部落の青年に託して描いた『破戒』の出現は、その意味からして当然であったが、『破戒』

は、同時に日本の近代文学史上にも大きな意義をもたらしたのであった。小説界における本当の近代化はこの時期から展開されるのである。

そして、『破戒』の成功から『春』『家』へと進んで行く。もちろん、社会的偏見の中での先駆者の悲哀を描いた『破戒』と、「文学界」同人をモデルに青春の群像を描こうとした『春』と、また、自己の家族をモデルにして封建的家族制の不合理と廃れゆく者の悲しみを描いた『家』とでは、それぞれ少しずつ趣を変えているし、純創作に近い『破戒』、自伝的な『春』『家』とでも相違点は出てくる。

しかし、いずれもが、自然主義的リアリズムの観点からとらえられた作品であるのは事実である。時代はまさに自然主義の興隆期と最盛期であった。それらの諸作によって、藤村の作家としての地位が確立されたのである。また、いずれの作も自己告白の欲求で貫かれているのも三者に共通した点である。少し時代は離れるが、『新生』を同じグループに入れるのも同じ理由である。これが第二期である。

『新生』以後は、長編を遠ざかって、短編、感想、童話などを書いた時代であるが、単に長短、ジャンルの外形的相違のみではなく、この時期と前の時期とでは作風にかなりの差が見られる。その第一が、自己告白から遠ざかって、周囲に目を向け出したことである。中でも子供たちに注目したものが目立っている。たくさんの童話を残したのも、そのためであろう。書きぶりにさしせまった影が薄らいでいるのも変化の一つである。

そして最後が、大作、歴史小説の時代である。『東方の門』は書き出してまもなく中絶となったが、完成していれば『夜明け前』にも劣らぬ大作となったろうことは、その構成や準備によっても推測される。また、『夜明け前』で自己を離れて父とその時代にさかのぼり、『東方の門』で維新後三代の日本の様相を見ようとしたのは、『嵐』の時代を挾んだ、『破戒』『春』以来の大変化であった。

この四つの時期を見れば、自己の主観的な叫びから出発して客観的な自己表白に移り、やがては次第に遠方に目を転じていった藤村の歩みがはっきりするであろう。その歩みは急進的なものではなかったが、徐々にしっかりと辿って行っただけに力強さも倍加している。そこに、藤村の人間性と、その文学の確実さがあらわれている。歴史小説の時代は、はっきりと自然主義の名を与えてよいかどうかわからないが、本質的には大差がない。常に、にじみ出る人間性の確実さにつらぬかれているのである。また、小手先の技術に走って虚飾にまどわされないのもその特徴の一つである。

だから、彼が『破戒』以来樹立した自然主義文学の特質と、自然主義作家としての業績もその点にある。一般に小説が事件や物語、またその表現のおもしろさを目的として書かれていた時代に、作者の生命観を打ち出すことこそ小説の本命であるというところを自ら実践したのは、文学史上に不滅の功績として残っている通りである。田山花袋のそれが唱導者としての功績だとすれば、藤村のそれは実践者としての功績であった。

硯友社と「文学界」の時代、自然主義の時代、新現実主義の時代、プロレタリアとモダニズムの時代――明治、大正、昭和の三代にわたって、およそ五十年という長い年月を一途にたゆみなく歩んで来たのは、日本の文学者では珍しい存在である。透谷、独歩、啄木、芥川、太宰等、短命の文学者が多い中で、また、紅葉や鏡花や、風葉のように、一時華やかでも長つづきしない作家の多い中で、彼の五十年は決してなまやさしい年月ではない。今日では長寿の作家もあるが、当時、三代を生きぬいたのは、藤村、秋声の二人くらいである。白鳥や荷風、潤一郎なども三代にわたっているが、明治時代の活躍は短い。これだけでも、彼の偉大さは証明されるだろう。藤村こそ、近代日本文学を代表する不朽の文豪であるといえるだろう。

年　譜

一八七二年（明治五）　三月二五日、長野県西筑摩郡神坂村に生まれ、春樹と名づけられた。父正樹・母ぬいの四男。島崎家は代々本陣・問屋・庄屋を兼ねていたが、明治の変革により、父は名主兼戸長であった。

*学制発布。義務教育の実施。樋口一葉生まれる。徳田秋声・田山花袋は前年の生まれ。

一八七八年（明治一一）　**六歳**　神坂村小学校に入学。父自筆の『勧学篇』『千字文』『三字経』を授り、『孝経』『論語』の素読を受ける。

*与謝野晶子生まれる。

一八七九年（明治一二）　**七歳**　このころ隣家の大脇ゆうに淡い初恋を覚える。

*正宗白鳥・永井荷風生まれる。

一八八一年（明治一四）　**九歳**　三兄友弥とともに長兄秀雄に伴われて上京。長姉そのの高瀬家に寄寓し、泰明小学校に入学。

*自由党結成さる。

一八八三年（明治一六）　**一一歳**　高瀬家と同郷の吉村忠道のもとにあずけられる。

*政治小説盛んになる。志賀直哉生まれる。

一八八六年（明治一九）　**一四歳**　三田英学校（後の錦城中学）に入学、まもなく共立学校（後の開成中学）に移る。一一月二九日、父正樹郷里で逝去。

*演劇改良運動起こる。石川啄木・谷崎潤一郎・萩原朔（さく）太郎生まれる。

一八八七年（明治二〇）　**一五歳**　明治学院普通学部本科一年に入学。

*欧化主義全盛。雑誌「国民之友」創刊。『浮雲』二葉亭四迷。

一八八八年（明治二一）　**一六歳**　六月一七日、木村熊二により高輪台町教会で受洗。九月、戸川秋骨同級に入学。

*『あひびき』二葉亭四迷。

一八八九年（明治二二）　**一七歳**　入学当初から社交的・享楽的であったが、このころから内向的になる。馬場孤蝶（こちょう）同級に入学。

*憲法発布。東海道線東京―京都間開通。『於母影』森鷗外。『楚囚之詩』北村透谷。「しがらみ草紙」創刊。室生犀星生

まれる。

一八九一年（明治二四）　**一九歳**　明治学院普通学部本科卒業。吉村忠道の横浜の店「マカラズヤ」を手伝う。巌本善治に文筆業志願を述べ、年末のころには「女学雑誌」のための翻訳などをはじめる。

＊逍遙・鷗外の間に没理想論争起こる。第一次「早稲田文学」創刊。『蓬莱曲』北村透谷。久米正雄生まれる。

一八九二年（明治二五）　**二〇歳**　「女学雑誌」にはじめての翻訳小文を寄せる。一〇月より明治女学校の講師となったが、教え子佐藤輔子を愛し、苦悶す。北村透谷・星野天知・平田禿木らを知る。

＊『厭世詩家と女性』北村透谷。『即興詩人』森鷗外。『罪と罰』内田魯庵訳。芥川竜之介・佐藤春夫生まれる。

一八九三年（明治二六）　**二一歳**　明治女学校を退き、教会も脱籍し、一月三〇日、関西漂泊の途につく。「文学界」創刊。一〇月帰京。一二月、長兄一家上京。藤村も同居す。同月二八日、透谷自殺をはかり失敗。この年詩作多し。

＊北村透谷と山路愛山論争す。『内部生命論』北村透谷。

一八九四年（明治二七）　**二二歳**　四月、再び明治女学校に教師となる。五月一六日透谷自殺。藤村の衝撃甚し。長兄投獄さる。

＊『愛弟通信』国木田独歩。『滝口入道』高山樗牛。日清戦争勃発。仮名垣魯文逝去。

一八九五年（明治二八）　**二三歳**　八月、明治女学校を辞す。この年、詩作に熱意増す。

＊日清間講和条約調印。観念小説・深刻小説流行。「文芸倶楽部」「太陽」「帝国文学」創刊。『たけくらべ』樋口一葉。

一八九六年（明治二九）　**二四歳**　九月初旬仙台東北学院へ単身赴任。「文学界」九月号に『草影虫語』を寄す。一〇月、母ぬい逝去。故郷に葬る。田山花袋・柳田国男を知る。詩作活動盛ん。

＊「めざまし草」創刊。若松賤子・樋口一葉逝去。宮沢賢治生まれる。『多情多恨』尾崎紅葉。

一八九七年（明治三〇）　**二五歳**　七月、東北学院を辞して帰京。八月、春陽堂より第一詩集『若菜集』出版。一一月処女小説『うたたね』を「新小説」に発表。長兄秀雄出獄。

＊「ホトトギス」「新著月刊」創刊。『金色夜叉』尾崎紅葉。『抒情詩』独歩・花袋ら。『天地玄黄』与謝野鉄幹。

一八九八年（明治三一）　**三六歳**　一月、「文学界」五八号を以て終刊。音楽学校ピアノ科に学ぶ。六月、第二詩集

『一葉舟』を春陽堂より刊行。七月、吉村樹を伴って木曽に遊び、詩作に耽(ふけ)る。蒲原有明を知る。一二月、第三詩集『夏草』を春陽堂より出版。

＊大隈重信政党内閣を組織。『不如帰』徳富芦花。横光利一生まれる。

一八九九年（明治三二）　**二七歳**　四月、小諸義塾教師として信州小諸へ赴任。同月冬子と結婚。

＊与謝野鉄幹、東京新詩社を結成。『天地有情』土井晩翠。『暮笛集』薄田泣菫(すすきだきゅうきん)。写生文起こり、家庭小説流行。川端康成生まれる。

一九〇〇年（明治三三）　**二八歳**　五月長女みどり出生。散文転向をはかり、写生文を試みる。

＊「明星」創刊。『自然と人生』徳富芦花。『高野聖』泉鏡花。『はつ姿』小杉天外。ニイチェ主義高まる。

一九〇一年（明治三四）　**二九歳**　八月、第四詩集『落梅集』を春陽堂より出版。年末に柳田国男小諸を訪問。

＊『みだれ髪』与謝野晶子。『武蔵野』国木田独歩。

一九〇二年（明治三五）　**三〇歳**　三月、二女孝子出生。一〇月、星野天知と『透谷集』を編む。一一月、「新小説」に『旧主人』を発表、発禁となる。

＊日英同盟締結。竜土会誕生。自然主義の機運高まる。『はやり唄』小杉天外。『地獄の花』永井荷風。『重右衛門の最後』田山花袋。正岡子規逝去。

一九〇三年（明治三六）　**三一歳**　一月、「小天地」に『爺』を、六月、「太陽」に『老嬢』を発表。年末、有島生馬、小山内薫ら訪問。

＊日露戦争論起こる。尾崎紅葉逝去。

一九〇四年（明治三七）　**三二歳**　一月、「新小説」に『水彩画家』を発表。二月、日露開戦。『破戒』の構想なる。四月、三女縫子出生。九月、合本『藤村詩集』刊行。

＊『露骨なる描写』田山花袋。

一九〇五年（明治三八）　**三三歳**　四月末、小諸義塾を辞して帰京、西大久保に住む。五月、三女縫子死去。一〇月、長男楠雄出生。一一月、『破戒』脱稿。国木田独歩を知る。

＊九月、日露講和条約締結。『吾輩は猫である』夏目漱石。『海潮音』上田敏。

一九〇六年（明治三九）　**三四歳**　三月、緑蔭叢書第一編として『破戒』を自費出版、反響多し。四月に二女孝子、六月に長女みどり死去。一〇月、浅草新片町に移る。

＊自然主義高まる。「文章世界」創刊。『運命』国木田独歩。

『坊っちゃん』『草枕』夏目漱石。

一九〇七年（明治四〇）　**三五歳**　一月、第一短編集『緑葉集』を春陽堂より出版。六月、「文芸倶楽部」に『並木』を、「文章世界」に『黄昏』を発表。モデル問題を引き起こす。九月、二男鶏二出生。『春』の準備にかかる。

*第一次「新思潮」創刊。『蒲団』田山花袋。『南小泉村』真山青果。『平凡』二葉亭四迷。

一九〇八年（明治四一）　**三六歳**　四―八月、『春』を「東朝」に連載。一〇月に緑蔭叢書第二編として自費出版。一二月、三男蓊助出生。花袋・秋声・白鳥・青果・独歩ら活躍。自然主義興隆。

*『あめりか物語』永井荷風。『三四郎』夏目漱石。『新世帯』徳田秋声。「アララギ」創刊。国木田独歩逝去。

一九〇九年（明治四二）　**三七歳**　一〇月、『家』取材のため信州へ旅行。一二月、第二短編集『藤村集』を博文館より出版。

*伊藤博文ハルビンに暗殺。反自然主義運動起こる。耽美主義起こる。小山内薫、自由劇場を起こす。「スバル」創刊。二葉亭四迷逝去。

一九一〇年（明治四三）　**三八歳**　一―五月、『家』を「読売」に連載。八月、四女柳子出生、妻冬子出血多量のため逝去。三男蓊助・四女柳子、里子として急場をしのぐ。

*大逆事件発生。日韓併合調印。「白樺」「三田文学」第二次「新思潮」創刊。『一握の砂』石川啄木。『微光』正宗白鳥。『刺青』谷崎潤一郎。

一九一一年（明治四四）　**三九歳**　一月と四月に『家』後編『犠牲』を「中央公論」に発表。一一月にまとめて緑蔭叢書第三編として自費出版。三月、三兄友弥逝去。六月より『千曲川のスケッチ』を「中学世界」に連載しはじめる。八―一一月、「時事新報」に短編一二編を寄す。

*大逆事件の幸徳秋水ら死刑。文芸委員会発足。「青踏」創刊。『お目出たき人』武者小路実篤。『泥人形』正宗白鳥。『黴』徳田秋声。『雁』森鷗外。

一九一二年（明治四五・大正元）　**四〇歳**　四月、第三短編集『食後』を博文館より出版。一二月、『千曲川のスケッチ』を佐久良書房より出版。

*七月、天皇崩御。『哀しき父』葛西善蔵。『行人』夏目漱石。石川啄木逝去。

一九一三年（大正二）　**四一歳**　三月、洋行を決意し芝二本榎に留守宅をもうける。四月一三日神戸を出港。四月、第四短編集『微風』を新潮社より出版。五月二〇日マルセイユ着。二三日パリに入る。初秋のころ、こま子男子出産。里子に出されて間もなく死去。

＊東京市内で群衆暴動し桂内閣倒る。島村抱月芸術座を起こす。『阿部一族』森鷗外。『爛』徳田秋声。織田作之助生まれる。

一九一四年（大正三）　**四二歳**　五月より「文章世界」に『桜の実の熟する時』を掲げ始める。七月二八日第一次世界大戦勃発。画家正宗得三郎らと避難。

＊対独宣戦布告。第三次「新思潮」創刊。『心』夏目漱石。

一九一五年（大正四）　**四三歳**　一月、『平和の巴里』を佐久良書房より出版。日本帰国の心動き始める。東京に藤村後援会発足。一二月、『戦争と巴里』を新潮社より出版。

＊日支条約調印。大正天皇即位式。『山椒太夫』森鷗外。『あらくれ』徳田秋声。『道草』夏目漱石。『羅生門』芥川竜之介。

一九一六年（大正五）　**四四歳**　七月四日神戸着。八日、二本榎の留守宅に入る。八月、『藤村文集』を春陽堂より出版。九月、早大に講義す。

＊タゴール来日。第四次「新思潮」創刊。『高瀬舟』森鷗外。『鼻』芥川竜之介。『明暗』夏目漱石。上田敏・夏目漱石逝去。

一九一七年（大正六）　**四五歳**　一月、早大・慶大で講義す。四月、童話集『幼きものに』を実業之日本社より出版。六月、風柳館に移る。こま子との仲復活、苦難絶えず。

＊『カインの末裔』有島武郎。『和解』志賀直哉。『父帰る』菊池寛。

一九一八年（大正七）　**四六歳**　五―一〇月、『新生』前編を「朝日新聞」に発表。七月、『海へ』を実業之日本社より出版。一〇月、飯倉片町に転居。

＊米騒動発生。世界大戦休戦条約成立。自由主義起こる。『おかめ笹』永井荷風。『子をつれて』葛西善蔵。『田園の憂鬱』佐藤春夫。島村抱月逝去。

一九一九年（大正八）　**四七歳**　一月、『桜の実の熟する時』『新生』第一巻を春陽堂より出版。八―一〇月、『新生』後編を「朝日新聞」に連載。一二月まとめて春陽堂より刊行。

＊『恩讐の彼方に』菊池寛。

一九二〇年（大正九）　**四八歳**　三月、長姉その死去。四月、二男鶏二川端画学校に通う。九月より『エトランゼエ』を

「朝日新聞」に連載。一一月、花袋・秋声の五十年記念として『現代小説全集』を編む。

＊初のメーデー。財界不況。岩野泡鳴逝去。

一九二一年（大正一〇）　**四九歳**　二月一七日、藤村生誕五十年祝賀会が上野精養軒にて行なわれる。七月、『ある女の生涯』を「新潮」に発表。一一月、文部省国語調査委員を委託される。

＊皇太子渡欧。原敬刺さる。『種蒔く人』創刊。プロレタリア文学運動起こる。『暗夜行路』（前編）志賀直哉。

一九二二年（大正一一）　**五〇歳**　一―一二月、刊行会より『藤村全集』全一二巻刊行。四月、「処女地」を創刊。八月故郷へ旅行。九月、『飯倉だより』をアルスより出版。

＊日本共産党結成。童話・童謡流行。『都会の憂鬱』佐藤春夫。森鷗外逝去。

一九二三年（大正一二）　**五一歳**　一月、脳溢血に倒る。二月、小田原に静養。

＊関東大震災。大杉栄ら殺さる。「文芸春秋」創刊。『日輪』横光利一。有島武郎自殺。

一九二四年（大正一三）　**五二歳**　一月、『をさなものがたり』を研究社より刊行。

＊メートル法実施。築地小劇場開場。「文芸時代」創刊。新感覚派起こる。『竹沢先生といふ人』長与善郎。

一九二五年（大正一四）　**五三歳**　一月、「新潮」に『伸び支度』を、「女性」に『熱海土産』を、五月、「婦人之国」に『明日』等を発表。

＊ラジオ放送開始。普通選挙法布告。三島由紀夫生まれる。

一九二六年（大正一五・昭和元）　**五四歳**　九月、『嵐』を「改造」に発表。この年二度にわたって郷里馬籠へ旅行。

＊文芸家協会設立。大正天皇崩御。『伊豆の踊子』川端康成。円本時代始まる。

一九二七年（昭和二）　**五五歳**　一月、短編集『嵐』を新潮社より刊行。八月、『分配』を「中央公論」に発表。大作『夜明け前』の構想なる。

＊山東出兵。『河童』『歯車』芥川竜之介―自殺。徳富芦花逝去。

一九二八年（昭和三）　**五六歳**　四月、馬篭訪問。一一月三日加藤静子と結婚。三浦半島訪問。

＊三・一五事件。『卍』谷崎潤一郎。葛西善蔵・若山牧水・小山内薫逝去。

一九二九年（昭和四）　**五七歳**　三月、二男鶏二フランスに留学。四月より年四回の割で『夜明け前』前編を掲げ始む。九月、三男蓊助ドイツへ留学。

＊日本プロレタリア作家同盟結成。四・一六事件。世界大恐慌始まる。『蟹工船』小林多喜二。『太陽のない町』徳永直。

一九三〇年（昭和五）　**五八歳**　一〇月、『市井にありて』を岩波書店より刊行。

＊浜口首相うたる。『聖家族』堀辰雄。田山花袋・内村鑑三逝去。

一九三一年（昭和六）　**五九歳**　四月、馬篭の長男楠雄結婚。鶏二・蓊助帰朝。露訳『破戒』モスクワにて出版。

＊満州事変勃発。日本プロレタリア文化連盟結成。大衆文学流行す。『盲目物語』谷崎潤一郎。

一九三二年（昭和七）　**六〇歳**　一月、『夜明け前』第一部一二章を完成、新潮社より出版。四月よりひきつづき第二部を発表。

＊上海事変勃発。満州国建国。五・一五事件。『上海』横光利一。『女の一生』山本有三。『芦刈』谷崎潤一郎。

一九三五年（昭和一〇）　**六三歳**　一〇月、『夜明け前』全巻完成。同月、日本ペンクラブ結成、初代会長に就任。

＊芥川賞・直木賞設定。『真実一路』山本有三。『仮装人物』徳田秋声。坪内逍遙・与謝野鉄幹逝去。

一九三六年（昭和一一）　**六四歳**　一月、『夜明け前』に「朝日文化賞」授けらる。七月、妻静子を伴い、第十四回ペンクラブ大会出席のため有島生馬と共にアルゼンチンに向かう。

＊二・二六事件。日独防共協定調印。『いのちの初夜』北条民雄。『風立ちぬ』堀辰雄。

一九三七年（昭和一二）　**六五歳**　一月帰国。六―一一月「改造」に『巡礼』を発表。

＊文化勲章制定。帝国芸術院設定。日華事変勃発。日独伊防共協定。『路傍の石』山本有三。『雪国』川端康成。

一九四〇年（昭和一五）　**六八歳**　帝国芸術院会員となる。

＊日独伊三国同盟。大政翼賛会結成。『夫婦善哉』織田作之助。『走れメロス』太宰治。馬場孤蝶逝去。

一九四一年（昭和一六）　**六九歳**　二月、大磯に屋敷を借りて仕事場とし、東京と往復す。

＊東条内閣成立。太平洋戦争勃発。『縮図』徳田秋声。

一九四二年（昭和一七）　**七〇歳**　六月、日本文学報国会名誉会員となる。『東方の門』の製作にかかる。

＊『根無し草』正宗白鳥。与謝野晶子逝去。

一九四三年（昭和一八）　**七一歳**　一月より「中央公論」に『東方の門』連載。八月二一日午前九時ごろ『東方の門』第三章執筆中に倒る。二二日午前〇時三五分永眠す。二四日大磯地福寺に土葬、二六日東京青山斎場で本葬。一〇月九日馬篭永昌寺に遺髪と遺爪を分葬。
　＊学徒動員体制決定。『細雪』谷崎潤一郎。厳本善治・徳田秋声逝去。

最後に、筆者が本書を製作するに当たって使用したテキスト及びおもな参考資料（文献）等を列挙紹介して、ペンを置くことにしよう。

テキスト

新潮社版『島崎藤村全集』
新潮社版『定本藤村文庫』
各初版本

参考文献

木枝増一著『島崎藤村』三通書局
瀬沼茂樹著『評伝島崎藤村』実業之日本社
平野謙著『島崎藤村』現代作家論集2　五月書房
瀬沼茂樹編『島崎藤村』近代文学鑑賞講座6　角川書房
田中宇一郎著『回想の島崎藤村』四秀社
亀井勝一郎著『島崎藤村論』新潮社
『島崎藤村読本』文芸臨時増刊号（昭和二十九年九月）

さくいん

【作品】

【人名】

―完―

島崎藤村■人と作品　　定価はカバーに表示

1966年4月25日　第1刷発行©
2017年9月10日　新装版第1刷発行©

・著　者……………………福田清人／佐々木徹
・発行者　………………………渡部　哲治
・印刷所　……………………法規書籍印刷株式会社
・発行所　……………………株式会社　清水書院

〒102-0072　東京都千代田区飯田橋3-11-6
Tel・03(5213)7151～7
振替口座・00130-3-5283
http://www.shimizushoin.co.jp

検印省略
落丁本・乱丁本はおとりかえします。

CenturyBooks

Printed in Japan
ISBN978-4-389-40113-9

Century Books

清水書院の〃センチュリーブックス〃発刊のことば

近年の科学技術の発達は、まことに目覚ましいものがあります。月世界への旅行も、近い将来のこととして、夢ではなくなりました。しかし、一方、人間性は疎外され、文化も、商品化されようとしていることも、否定できません。

いま、人間性の回復をはかり、先人の遺した偉大な文化を継承して、高貴な精神の城を守り、明日への創造に資することは、今世紀に生きる私たちの、重大な責務であると信じます。

私たちがここに、「センチュリーブックス」を刊行いたしますのは、人間形成期にある学生・生徒の諸君、職場にある若い世代に精神の糧を提供し、この責任の一端を果たしたいためであります。

ここに読者諸氏の豊かな人間性を讃えつつご愛読を願います。

一九六六年

清水檀

SHIMIZU SHOIN